G
GOLDMANN

„... Abends, wenn ich abgespannt bin, greife ich instinktiv nach einem ‚Wallace', bin im Nu in der Handlung, vergesse den ganzen Jammer des Alltags, bin froh und mutig. ADENAUER IN RHÖNDORF"

Edgar Wallace. Das Original.

Alle Edgar Wallace Kriminalromane:

1 Die Abenteuerin.
2 A. S. der Unsichtbare.
3 Die Bande des Schreckens.
4 Der Banknotenfälscher.
5 Bei den drei Eichen.
6 Die blaue Hand.
7 Der Brigant.
8 Der Derbysieger.
9 Der Diamantenfluß.
10 Der Dieb in der Nacht.
11 Der Doppelgänger.
12 Die drei Gerechten.
13 Die drei von Cordova.
14 Der Engel des Schreckens.
15 Feuer im Schloß.
16 Der Frosch mit der Maske.
17 Gangster in London.
18 Das Gasthaus an der Themse.
19 Die gebogene Kerze.
20 Geheimagent Nr. Sechs.
21 Das Geheimnis der gelben Narzissen.
22 Das Geheimnis der Stecknadel.
23 Das geheimnisvolle Haus.
24 Die gelbe Schlange.
25 Ein gerissener Kerl.
26 Das Gesetz der Vier.
27 Das Gesicht im Dunkel.
28 Der goldene Hades.
29 Die Gräfin von Ascot.
30 Großfuß.
31 Der grüne Bogenschütze.
32 Der grüne Brand.
33 Gucumatz.
34 Hands up!
35 Der Hexer.
36 Im Banne des Unheimlichen.
37 In den Tod geschickt.
38 Das indische Tuch.
39 John Flack.
40 Der Joker.
41 Das Juwel aus Paris.
42 Kerry kauft London.
43 Der leuchtende Schlüssel.
44 Lotterie des Todes.
45 Louba der Spieler.
46 Der Mann, der alles wußte.
47 Der Mann, der seinen Namen änderte.
48 Der Mann im Hintergrund.
49 Der Mann von Marokko.
50 Die Melodie des Todes.
51 Die Millionengeschichte.
52 Mr. Reeder weiß Bescheid.
53 Nach Norden, Strolch!
54 Neues vom Hexer.
55 Penelope von der »Polyantha«.
56 Der Preller.
57 Der Rächer.
58 Der Redner.
59 Richter Maxells Verbrechen.
60 Der rote Kreis.
61 Der Safe mit dem Rätselschloß.
62 Die Schuld des Anderen.
63 Der schwarze Abt.
64 Der sechste Sinn des Mr. Reeder.
65 Die seltsame Gräfin.
66 Der sentimentale Mr. Simpson.
67 Das silberne Dreieck.
68 Das Steckenpferd des alten Derrick.
69 Der Teufel von Tidal Basin.
70 Töchter der Nacht.
71 Die toten Augen von London.
72 Die Tür mit den 7 Schlössern.
73 Turfschwindel.
74 Überfallkommando.
75 Der Unheimliche.
76 Die unheimlichen Briefe.
77 Der unheimliche Mönch.
78 Das Verrätertor.
79 Der viereckige Smaragd.
80 Die vier Gerechten.
81 Zimmer 13.
82 Der Zinker.

EDGAR WALLACE

Die toten Augen von London

THE DARK EYES OF LONDON

Kriminalroman

GOLDMANN VERLAG

Aus dem Englischen übertragen von
Gregor Müller

Der Goldmann Verlag
ist ein Unternehmen der Verlagsgruppe Bertelsmann

Jubiläumsausgabe

Made in Germany · 1/90 · 22. Auflage

Druck: Elsnerdruck, Berlin
Krimi 181
Ge · Herstellung: Klaus Voigt
ISBN 3-442-00181-1

I

Larry Holt saß vor dem Café de la Paix und beobachtete den Menschenstrom auf dem Boulevard des Italiens. Ein Frühlingsgeruch hing in der Luft, die Bäume bekamen kleine, grüne Knospen, weiße Wölkchen bauschten sich am blauen Himmel, und die Zeitungskioske glänzten in der grellen Sonne in allen Farben. Überfüllte Autobusse rumpelten vorbei, kleine Taxis drängelten und flitzten davon, Fußgänger sprangen zurück.

An der Ecke stand ein Polizist, eine Hand auf dem Rücken, und schaute untätig vor sich hin. Auf dem Trottoir schlenderten junge Mädchen, Männer, Soldaten, Händler blieben vor den Kaffeehaustischchen stehen, Araber boten Decken und Tücher an, abgerissen aussehende Männer handelten mit Postkarten und brachten bei der geringsten Ermunterung Fotografien zum Vorschein, die eigentlich nicht für die Öffentlichkeit bestimmt waren.

Larry Holt liebte dieses Treiben, Hasten, Gedränge. Seit vier Jahren arbeitete er in Frankreich und Deutschland, jetzt war er von Berlin hierhergekommen. Er verspürte ein richtiges Feriengefühl, das sogar ein vielbeschäftigter Detektiv manchmal empfinden kann.

Die dienstliche Stellung Larry Holts war den meisten Beamten von Scotland Yard etwas schleierhaft. Dem Rang nach Inspektor, übte er mehr die Funktionen eines Kommissars aus. Man nahm darum allgemein an, daß er für den ersten freiwerdenden Posten eines assistierenden Kommissars vorgemerkt war. Im Augenblick aber interessierten alle Fragen nach Rang und Beförderung Larry Holt nicht.

Er bezahlte seinen Kaffee und stand auf. Die Hände in den Taschen, eine lange, schwarze Zigarettenspitze zwischen den Zähnen, schlenderte er behaglich um die Ecke zu seinem Hotel.

Er ging an beflissenen Pagen vorbei durch die überfüllte Halle zum Fahrstuhl, als er durch die Glastür, die zum Gästesalon führte, einen eleganten Herrn bemerkte, der bequem in einem Klubsessel saß und bedächtig seine Zigarre rauchte.

Larry grinste und zögerte einen Augenblick. Diesen Mann mit den scharfen Gesichtszügen, der so elegant angezogen war, an dessen Fingern und Krawatte Brillanten blitzten, kannte er doch. In einer Anwandlung mutwilliger Bosheit stieß er die Glastür auf.

»Seh' ich richtig – mein alter Freund Fred?«

Flimmer-Fred, internationaler Hochstapler und Falschspieler, schoß auf, erschrocken starrte er auf Larry.

»Hallo, Mr. Holt!« stammelte er. »Sie sind wirklich der letzte, den hier zu treffen ich erwartet . . .«

»Oder besser – den zu treffen Sie gewünscht hätten, nicht wahr?« unterbrach Larry. »Was für ein Glanz! Donnerwetter, Fred, Sie sind ja herausgeputzt wie ein Weihnachtsbaum!«

Flimmer-Fred feixte unbehaglich, gab sich aber große Mühe, vollkommene Gleichgültigkeit zu zeigen.

»Das alte Leben ist jetzt abgetan für mich, Mr. Holt«, erklärte er.

»Fred, Fred!« Bewundernd betrachtete Larry Freds Äußeres, die große Brillantnadel in seiner Krawatte, die goldene Kette auf der Weste, die Wildlederschuhe, das tadellos gebürstete Haar. »Was für eine neue Sache haben Sie jetzt vor? Ich nehme natürlich nicht an, daß Sie es mir erzählen, aber ich zweifle nicht, daß es ziemlich aussichtsreich ist.«

»Ich bin jetzt in einem Geschäft.« Der Mann fuhr sich mit der Zunge über die trockenen Lippen.

»In wessen Geschäft denn?« fragte Larry interessiert. »Und wie sind Sie da hineingekommen? Mit dem Brecheisen – oder mit einer Dynamitpatrone? Das wäre ja ein ganz neuer Beruf für Sie, Fred! Bis jetzt haben Sie sich doch darauf beschränkt, Unerfahrenen das Geld abzuknöpfen und –«, er machte eine bedeutungsvolle Pause, »die Taschen von gerade Gestorbenen zu plündern.«

Freds Gesicht rötete sich.

»Sie glauben doch nicht, daß ich irgend etwas mit dem Mord in Montpellier zu tun hatte?«

»Ich nehme nicht an, daß Sie den bedauernswerten jungen Mann erschossen haben«, räumte Larry ein, »aber Sie sind beobachtet worden, wie Sie sich über den Toten beugten und seine Taschen durchsuchten.«

»Ich wollte doch bloß sehen, wer er war«, protestierte Fred.

»Sie sind gleichfalls gesehen worden, wie Sie sich mit dem Täter unterhielten. Eine alte Dame, eine gewisse Madame Prideaux, sah von ihrem Schlafzimmerfenster aus, daß Sie den Mann erst festhielten und dann laufenließen. Ich nehme an, er hat Sie geschmiert.«

Fred antwortete nicht gleich. Es verstimmte ihn, wenn sogenannte feine Herren sich so gewöhnlicher Ausdrücke bedienten.

»Das ist nun schon zwei Jahre her, Mr. Holt«, entgegnete er, »und ich begreife nicht, warum Sie diesen alten Kohl wieder aufwärmen. Der Untersuchungsrichter hat mich doch in jeder Beziehung freigesprochen.«

Larry lachte und klopfte ihm auf die Schulter.

»Schon gut, ich bin jetzt auch gar nicht im Dienst, Fred! Ich gehe auf eine Erholungs- und Vergnügungsreise.«

»Sie fahren also nicht nach London?«

»Nein.« Larry kam es so vor, als ob Flimmer-Fred erleichtert aufatmete. »Fahren Sie vielleicht nach London? Schade, daß ich Ihnen nicht Gesellschaft leisten kann, aber ich reise in entgegengesetzter Richtung. Auf Wiedersehen.«

»Viel Vergnügen!« rief ihm Fred nach.

Larry ging auf sein Zimmer, wo er seinen Diener beim Reinigen und Ordnen der Garderobe antraf. Patrick Sunny, den er nun schon seit zwei Jahren als Diener ertrug, war ein ernsthafter junger Mann mit Glotzaugen und rundem Gesicht. Beim Eintritt Holts entwickelte er eine energische Tätigkeit. Er pfiff dabei durch die Zähne. Früher war er Kavallerist gewesen.

Larry trat zum Fenster und blickte auf die belebte Place de l'Opéra hinab.

»Sunny, Sie brauchen meine Anzüge nicht weiter zu beschädigen – packen Sie sie ein!«

»Ja, Sir.«

»Ich reise mit dem Nachtzug nach Monte Carlo.«

»Ja, Sir.« Genau das gleiche hätte Sunny gesagt, wenn ihm die Sahara oder der Nordpol in Aussicht gestellt worden wären.

»Nach Monte Carlo, Sunny!« wiederholte Larry vergnügt. Auf sechs freie, vergnügte und kostspielige Wochen – los, pakken Sie sofort!«

Er nahm den Telefonhörer auf.

»Besorgen Sie mir einen Schlafwagenplatz und ein Billet erster Klasse für heute nacht nach Monte Carlo – nein, nicht Calais, nach Monte Carlo. Ich habe nicht die geringste Lust, nach Calais zu fahren. Danke!«

Er legte auf und betrachtete seinen Diener.

»Hören Sie, Sunny ... Was wollte ich Ihnen überhaupt sagen? Wissen Sie, Ihren Namen kann ich nicht ausstehen. Von wem haben Sie ihn eigentlich?«

»Von meinen Eltern natürlich.«

»Tatsächlich? Jedenfalls ist es ausgeschlossen, daß jemand weniger sonnig aussieht als Sie! Macht auch nichts, wir fahren jetzt nach dem Süden, an die Côte d'Azur – essen Sie gern Orangen, Sunny?«

»Ich mache mir gar nichts aus Früchten, ich ziehe Walnüsse vor, Sir.«

Larry kicherte und setzte sich auf den Bettrand; er holte eine frühe Abendausgabe aus der Tasche und überflog die Spalten. Verschiedene Überschriften erinnerten ihn an seinen Beruf – ein großer Bankeinbruch in Lyon, bewaffneter Überfall auf einen Postwagen in Belgien, und schließlich stieß er auf diese Meldung:

›Der Mann, den man am Themseufer tot auffand, ist als ein Mr. Gordon Stuart, ein reicher Kanadier, identifiziert worden. Man nimmt an, daß es sich um einen Selbstmord handelt. Mr. Stuart hatte den Abend mit einigen Freunden im Theater verbracht, er verschwand jedoch im Zwischenakt und wurde nicht mehr gesehen, bis sein Leichnam gefunden wurde. Der gerichtsmedizinische Befund liegt noch nicht vor.‹

Er las den Bericht zweimal.

»Normalerweise geht man nicht während der Pause aus dem Theater und begeht Selbstmord – das Stück müßte schon ausnehmend schlecht gewesen sein!« sagte er eigentlich mehr zu sich selbst.

Sunny aber antwortete gehorsam: »Nein, Sir.«

Larry warf die Zeitung weg.

»Sunny, Sie nehmen schlechte Gewohnheiten an – wie legen Sie eigentlich meine Hosen zusammen? Legen Sie sie mal ordentlich in die Falten!«

Den restlichen Nachmittag nahmen die Vorbereitungen für die Abreise in Anspruch. Um halb sieben stand Holt im Hotelbüro, um die Rechnung zu bezahlen, hinter ihm warteten Sunny, die Mäntel über dem Arm, und der Gepäckträger mit den Koffern, als ein Page auf ihn zukam.

»Monsieur Holt?«

Larry sah argwöhnisch auf das Kuvert in der Hand des Pagen.

»Ein Telegramm? – Ich will's nicht sehen!«

Trotzdem nahm er es und las:

›Sehr dringend. Spezial-Polizeidienst. Alle Linien frei machen. Larry Holt, Grand Hotel, Paris. Fall Stuart sehr verwikkelt. Persönliche Bitte, sofort zurückkommen und Fall übernehmen.‹

Unterzeichnet hatte das Telegramm der Oberkommissar, der nicht nur Vorgesetzter, sondern auch ein persönlicher Freund Larrys war.

Mit einem tiefen Seufzer steckte er die Depesche in die Tasche.

»Wann kommen wir in Monte Carlo an?« fragte Sunny.

»Ungefähr heute in zwölf Monaten!«

»Wirklich, Sir? Das muß ja ziemlich weit weg sein.«

Flimmer-Fred, der eigentlich Grogan hieß, hatte berechtigten Grund, empört zu sein. Ein angesehener Kriminalbeamter hatte ihm feierlich versichert, daß er nicht die Absicht habe, nach London zu fahren, sondern in den Süden. Und nun mußte er ihn in diesem Zug wiederfinden. Er verschluckte seinen Ärger und tat sein möglichstes, dem ungelegenen Passagier aus dem Weg zu gehen.

Fred verließ den Viktoria-Bahnhof in außerordentlicher Eile. Er war gar nicht sicher, ob des Inspektors Geschäfte in London nicht vielleicht mit seinen eigenen Geschäften zusammenhingen.

Larry sah den Hochstapler gerade noch in der Menge verschwinden und lächelte zum erstenmal seit seiner Abreise von Paris.

Er schickte Sunny mit dem Gepäck nach Hause.

»Ich fahre direkt nach Scotland Yard.«

»Soll ich den Gesellschaftsanzug bereitlegen?« fragte Sunny. Für ihn bestand der Tag aus drei Varianten – Straßenanzug, Gesellschaftsanzug und Pyjama.

»Nein – oder doch – ach, machen Sie, was Sie wollen!«

Larry fuhr sofort zum Polizeipräsidium und begab sich ins Büro von Sir John Hason, der ihm sogleich mit ausgestreckter Hand entgegenkam. Sie waren alte Freunde und Schulkameraden.

»Mein Lieber – zu nett von dir, auf deine Ferien zu verzichten! Ich habe auch keinen Moment an deinem Kommen gezweifelt und Zimmer 47 für dich einrichten lassen. Außerdem bekommst du den exklusivsten Sekretär, den ich je im Präsidium zu vergeben hatte.«

Larry legte den Mantel ab.

»Nummer 47 kenne ich nicht, und was euren Mustersekretär betrifft – ich werde mich freuen, seine Bekanntschaft zu machen. Wie heißt er denn?«

»Es ist eine Sie – Miss Diana Ward. Sie hat sechs Monate bei mir gearbeitet und ist das geschickteste und vertrauenswürdigste Mädchen, das ich bisher in meinem Büro gehabt habe.«

»Allmächtiger! Ein Frauenzimmer! Schön, wenn du es schon so angeordnet hast, John! Ich will mir die vorbildliche Dame ansehen. Wie alt ist sie denn?«

»Ihr Äußeres ist nicht so besonders einnehmend.« Sir John hüstelte verlegen. »Aber das ist schließlich auch nicht die Hauptsache. Nun setz dich, alter Freund, ich habe viel mit dir zu besprechen. Es handelt sich um den Fall Stuart . . .« Er hielt Larry sein Zigarettenetui hin. »Erst gestern haben wir herausgefunden, daß Stuart ein sehr reicher Mann war. Seit neun Monaten hielt er sich in London auf und wohnte während dieser ganzen Zeit in der Pension Marlybone am Nottingham Place. Er muß ein rätselhafter Mensch gewesen sein, ging nirgendshin, hatte fast keine Freunde und war außerordentlich zurückhaltend. Nur seine Londoner Bankiers wußten über seine Vermögensverhältnisse Bescheid, jedenfalls stammen von ihnen die Informationen, die wir bis jetzt erhalten konnten.«

»Was meinst du damit – er ging nirgendshin? Er blieb doch nicht die ganze Zeit in seinem Pensionszimmer?«

»Darauf komme ich jetzt«, erwiderte John Hason. »Er ging aus, aber kein Mensch weiß, warum. Jeden Nachmittag ohne Ausnahme machte er eine Autofahrt, immer mit dem gleichen Ziel – ein kleines Dorf in Kent, ungefähr vierzig Kilometer von hier. Er ließ den Wagen am Dorfeingang warten und verschwand in dem Kaff. Unsere Nachforschungen ergaben, daß er sich lange Zeit in der Kirche aufhielt, ein altes Gebäude aus der Zeit der Saxonen, dessen Fundamente vor etwa tausend Jahren gelegt wurden. Genau nach zwei Stunden, pünktlich wie eine Uhr, kam er zurück, stieg in den Wagen, es war ein Taxi, und fuhr nach Nottingham Place zurück.«

»Wie heißt das Dorf?«

»Beverley Manor. Also weiter – am Mittwoch abend nahm er, entgegen seinen sonstigen Gewohnheiten, die Einladung eines gewissen Doktor Stephen Judd zur Uraufführung einer neuen Revue im Macready-Theater an. Doktor Judd ist leitender Direktor der Greenwich-Versicherungsgesellschaft und genießt in der City einen guten Ruf. Er ist Kunstliebhaber und Besitzer eines schönen Hauses in Chelsea. Judd hatte für die Aufführung eine Loge bestellt, und zwar Loge A. Nebenbei bemerkt, nach den Zeitungen zu urteilen muß das Stück fürchterlich schlecht sein. Stuart kam also, war jedoch, wie Judd aussagte, auffallend unruhig. In der Pause zwischen dem zweiten und dritten Akt verschwand er unbemerkt aus dem Theater und kam nicht mehr zurück. Gegen Morgen fand man die Leiche an der Themse.«

»Wie war das Wetter in der Nacht?« fragte Larry.

»Anfangs klar, dann aber dunstig mit Nebelbildung. Der Wachtmeister des zuständigen Reviers hat in seinem Bericht erwähnt, daß zwischen halb vier und halb fünf sehr dichter Nebel war.«

»Besteht vielleicht die Möglichkeit, daß er im Nebel den Weg verfehlt hat und in den Fluß gefallen ist?«

»Gänzlich ausgeschlossen«, versicherte Sir John entschieden. »Bis halb drei Uhr morgens war der Kai nebelfrei, eine klare Nacht, er hätte gesehen werden müssen. Es kommt aber noch ein merkwürdiger Umstand hinzu. Als er gefunden wurde, lag er auf den Stufen, nur die Füße hingen im Wasser – und die Flut war noch im Steigen.«

Larry sah ihn erstaunt an.

»Willst du damit sagen, daß er überhaupt nicht angeschwemmt worden ist? Natürlich, wie sollte er auch bei Ebbe auf die Stufen gekommen sein, nur mit den Füßen im Wasser, noch dazu, wenn die Flut erst wieder zu steigen begann?«

»Das sage ich ja auch. Er müßte unmittelbar nach Verlassen des Theaters ertrunken sein, als die Flut am höchsten stand, denn nachher, als sie fiel, bis zum Tagesanbruch, als er gefunden wurde, konnte er, wie du sagst, schwerlich auf den Stufen angeschwemmt worden sein.«

Larry rieb sich nachdenklich das Kinn.

»Besteht kein Zweifel, daß er ertrunken ist?«

»Nicht der geringste.« Der Kommissar zog ein Schubfach auf und nahm eine kleine Schale heraus, in der verschiedene Gegenstände lagen. »Das haben wir in seinen Taschen gefunden, Uhr und Kette, ein Zigarettenetui und diesen Streifen Papier.«

Larry nahm das braune, zusammengerollte Papier auf, es war etwa drei Zentimeter lang und noch feucht.

»Es steht nichts drauf«, sagte Sir John. »Als man mir die Sachen brachte, habe ich das Papier aufgewickelt, aber für die genauere Untersuchung gleich wieder zusammengerollt.«

Larry betrachtete die Uhr, eine einfache, goldene Uhr mit Sprungdeckel.

»Nichts.« Er schnappte den Deckel wieder zu. »Ausgenommen, daß sie zwanzig Minuten nach zwölf stehengeblieben ist – höchstwahrscheinlich die Stunde des Todes. Die Kette ist Gold und Platin, und am Ende – was ist das?« Am Ende der Kette hing ein ungefähr vier Zentimeter langes Röhrchen. »Aha, die Hülse für einen goldenen Bleistift. Hat man den dazugehörigen Bleistift nicht gefunden?«

»Nein, das ist alles, was gefunden wurde. Ich lasse die Sachen in dein Büro schicken. Du übernimmst doch den Fall?«

»Was ist eigentlich an dem Fall so Besonderes?« fragte Larry. »Nun ja, es ist merkwürdig . . .« Er betrachtete von neuem die Uhr. »Ich kann doch die Sachen gleich in mein Büro mitnehmen?«

»Selbstverständlich«, erwiderte der Kommissar. »Willst du dir zuerst den Toten ansehen?«

»Nein, ich werde erst einmal Doktor Judd aufsuchen. Kannst du mir seine Adresse geben?«

John Hason blickte nach der Uhr auf dem Kaminsims.

»Du wirst ihn vermutlich noch in seinem Büro antreffen. Er gehört zu den Unermüdlichen, die bis spät in die Nacht hinein arbeiten. Nummer 17, Bloomsbury Pavement – du kannst das Haus nicht verfehlen.«

Larry nahm die Schale und ging zur Tür.

»So – und jetzt wollen wir uns erst einmal deiner Wundersekretärin zuwenden!«

Sir John lächelte.

3

Zimmer 47 lag eine Etage höher als das Büro von Sir John Hason. Larry trug in der einen Hand die Schale, mit der anderen öffnete er die Tür und stand auf der Schwelle eines behaglichen, kleinen Büros.

»Hallo!« rief er überrascht. »Bin ich hier falsch?«

Das junge Mädchen, das sich vom Schreibtisch erhob, war jung, schlank und außergewöhnlich hübsch. Dunkelblondes, dichtes Haar fiel ihr in die Stirn. Klare, graue Augen blickten verwundert auf den Eintretenden.

»Das ist das Büro von Inspektor Holt«, sagte sie.

»Allmächtiger!« Larry schloß die Tür hinter sich, ging langsam zum zweiten Schreibtisch und setzte die Schale nieder.

»Das ist Inspektor Holts Büro«, wiederholte das Mädchen. »Sind die Sachen für ihn?«

»Ja.« Nachdenklich musterte er die neue Umgebung und zeigte auf ein weiß gedecktes Tischchen, auf dem ein Glas und eine Kanne standen. »Was ist das?«

»Das? Das ist für Inspektor Holt«, antwortete sie.

Larry schaute in die Kanne.

»Milch?« fragte er verblüfft.

»Ja – wissen Sie, Inspektor Holt ist ein alter Herr, er kommt von einer langen Reise, hat vielleicht eine Erfrischung nötig, und da hat mir der Kommissar vorgeschlagen, Milch . . .«

Sie hielt inne und starrte Larry an, der in schallendes Gelächter ausbrach.

»Ich bin Inspektor Holt!« Er trocknete seine Augen.

»Sie?« stammelte sie.

»Ja, ja – John, der Kommissar, hat Ihnen einen Streich gespielt, Miss... Sind Sie etwa gar Miss Ward?«

»Ja, ich bin Miss Ward.«

Er streckte vergnügt die Hand aus.

»Miss Ward, dann sind wir Leidensgenossen! Wir beide sind Opfer eines niederträchtigen Polizeikommissars geworden. Ich bin außerordentlich erfreut, Ihre Bekanntschaft zu machen – und erleichtert.«

»Ich bin auch etwas erleichtert.« Sie lächelte liebenswürdig. »Sir John sagte mir, Sie wären sechzig Jahre alt und asthmatisch. Er empfahl mir, darauf zu achten, daß es im Büro nicht zieht. Ich habe heute nachmittag extra Filze an den Fenstern anbringen lassen.«

Larry setzte sich an seinen Schreibtisch.

»Vielleicht ist es ganz gut, daß ich nicht nach Monte Carlo gefahren bin! Nun wollen wir uns gleich an die Arbeit machen, meinen Sie nicht auch?«

Sie nahm ihren Stenogrammblock, und Larry untersuchte die Gegenstände, die in der Schale lagen.

»Schreiben Sie bitte: Uhr von Gildman, Toronto, goldene Kapseluhr, Nr. A 778 432. Keine Kratzer auf Innendeckel.« Er ließ den Deckel zuschnappen und zog die Uhr auf. »War ungefähr sechs Stunden, bevor sie stehenblieb, aufgezogen worden.«

»Handelt es ich um den Fall Stuart?« fragte Miss Ward.

»Ja, ist Ihnen etwas darüber bekannt?«

»Nur, was mir der Kommissar erzählt hat. Es ist traurig, nicht wahr? Aber ich habe mich schon so an die Schrecken hier gewöhnt, daß ich beinah abgehärtet bin. Und das übrige tut das Medizinstudium. Außerdem bin ich zwei Jahre Krankenschwester in einer Blindenanstalt gewesen.«

Larry überschlug, wie jung sie gewesen sein mußte, als sie anfing, für ihren Lebensunterhalt zu arbeiten. Er schätzte sie auf einundzwanzig, glaubte aber, damit reichlich hoch gegriffen zu haben.

»Gefällt Ihnen die Arbeit hier?«

»Sehr gut. Aber ich halte Sie vom Diktat ab, Mr. Holt! Wir sind bei der Uhr stehengeblieben.«

Er kicherte und nahm seine Untersuchung wieder auf.

»Kette aus Platin und Gold, achtunzwanzig Zentimeter lang, Sperring an einem Ende mit goldener Bleistifthülse – ich nehme wenigstens an, es ist Gold. Der Bleistift ist nicht gefunden worden?«

»Nein. Ich habe den Sergeanten, der die Sachen gebracht hat, noch extra danach gefragt.«

»Haben Sie denn das bemerkt?«

»Natürlich ist es mir aufgefallen. Und das Messer ist ja auch nicht mehr da.«

»Was für ein Messer?« fragte er ziemlich perplex.

»Ich nahm wenigstens an, daß es ein Messer gewesen sein könnte. Es sind ja zwei Ringe am Kettenende, ein größerer und ein kleiner. Am größeren ist die Hülse befestigt, am kleinen könnte ein goldenes Taschenmesserchen gehangen haben, wie ältere Herren es manchmal an der Uhrkette haben. Der kleine Ring ist übrigens gebrochen, ich habe ihn nur etwas zusammengebogen. Es sah aus, als ob sie das Messerchen, wenn es eines war, mit Gewalt abgezwängt hätten.«

»Wer ›sie‹?«

»Wer immer Stuart ermordet hat«, antwortete sie ruhig.

Er nahm die Uhrkette wieder auf. Jetzt erst sah er den zweiten, kleineren Ring und wunderte sich, daß er ihn nicht selbst entdeckt hatte.

»Ich glaube, Sie haben recht. Man sieht auch deutlich Kratzer an den Kettengliedern, da wo das Messer vermutlich abgedreht wurde. Hm!« Er legte die Kette in die Schale zurück und blickte auf seine eigene Uhr. »Haben Sie die anderen Gegenstände auch untersucht?«

»Nur die Uhr und die Kette.«

»Wir wollen die Untersuchung unterbrechen, bis ich zurückkomme. Ich muß noch jemand aufsuchen.« Er zeigte auf einen Wandschrank. »Ist der leer?«

Er schloß die Schale in den Schrank und übergab den Schlüssel Miss Ward.

4

Flimmer-Fred hatte den Bahnhof zwar als erster und in großer Eile verlassen – draußen jedoch blieb er stehen und wartete, bis er Larrys Taxi vorbeifahren sah.

Es lag ihm daran, gerade an diesem Abend unbehelligt zu bleiben. Außerdem hatte er tiefen Respekt vor dem Scharfsinn Larry Holts. Wo immer in Europa Hochstapler sich trafen, waren sie sich mindestens in einem Punkt einig, daß sie nämlich Larry Holt am liebsten am jenseitigen Ufer des Styx gesehen hätten. Sie sprachen dann allerdings nicht vom ›Ufer des Styx‹, sondern schlichter und direkter von der – Hölle. Die unerschütterliche Beharrlichkeit dieses Mannes, wenn er eine Spur aufnahm, war allgemein bekannt und gefürchtet. Und Fred hatte mehr als jeder andere Veranlassung, vor ihm auf der Hut zu sein.

Nach Larrys Abfahrt wartete er noch zehn Minuten, gab seinen Handkoffer bei der Gepäckaufbewahrung ab und verließ den Bahnhof durch einen Nebenausgang. Er nahm das erste dort wartende Taxi und gelangte zehn Minuten später auf einen der ruhigsten Plätze in Bloomsbury, an dem sich eine Reihe von Anwaltsbüros befand. Vor einem schmalen, hohen Gebäude stieg er aus. Als er in die Halle trat, sah ihn der Portier skeptisch an.

»Die Büros sind schon seit Stunden geschlossen, Sir. Sie werden erst morgen früh um neun Uhr wieder geöffnet.«

»Ist Doktor Judd noch da?« fragte Flimmer-Fred und schob seine Zigarre von einem Mundwinkel in den anderen.

Der Portier zögerte einen Augenblick.

»Mr. Judd arbeitet noch, aber ich glaube nicht, daß er gestört werden möchte.«

»So, Sie glauben das nicht? Sagen Sie dem Herrn, daß Mr. Walter Smith ihn zu sprechen wünscht. Merken Sie sich – Smith, ein ungewöhnlicher Name!« schloß er jovial.

»Ich werde bloß Unannehmlichkeiten haben«, brummte der Portier und griff nach dem Telefonhörer. Nach einem kurzen Gespräch legte er wieder auf. »Er will Sie empfangen, Sir. Ich fahre Sie gleich nach oben.«

»Sie sollten mich allmählich kennen«, sagte Fred im Lift. »In den letzten Jahren bin ich regelmäßig hierhergekommen.«

»Vielleicht hatte ich gerade keinen Dienst. Wir sind zu zweit hier. Waren Sie vielleicht ein Freund von Mr. David, Sir?«

Fred verzog keine Miene. Langsam stieg der Aufzug.

»Nein, ich habe Mr. David nicht gekannt.«

»Ja, das war eine traurige Geschichte. Er ist vor vier Jahren plötzlich gestorben.«

Fred wußte dies sehr gut. Der Tod Mr. Davids hätte ihn beinahe einer Einkommensquelle beraubt, einer ›rechtmäßigen‹, wie er es nannte, während ihm dieses Einkommen jetzt nur noch als ›Gunst‹ zufloß. Er konnte es jeden Augenblick verlieren und dafür einige Jahre Gefängnis gewinnen, falls Mr. Judd einmal die Geduld verlor und sich nicht mehr erpressen lassen wollte.

Der Aufzug hielt. Der Portier klopfte an eine Tür. Eine laute Stimme forderte sie zum Eintreten auf. Flimmer-Fred stolzierte in das elegant eingerichtete Büro, als wäre er zu Hause.

Dr. Judd war aufgestanden. Er warf dem Portier eine Silbermünze zu, die dieser geschickt auffing.

»Holen Sie mir bitte ein paar Zigaretten!«

Stephen Judd war ein großer, kräftiger Mann mit blühendem Gesicht, hoher Stirn und tiefliegenden Augen. Er strahlte eine robuste Behaglichkeit aus.

»Na, Doktor«, sagte Fred, »da bin ich wieder!« Als er sah, wie Judd krampfhaft seine Taschen durchwühlte, fragte er: »Was suchen Sie – Zigaretten?« Er hielt ihm sein Etui hin.

»Danke bestens, Mr. Grogan, ich rauche nie Zigaretten, die mir Herren Ihres Standes anbieten!«

»Was heißt das? Glauben Sie, ich will Sie betäuben?«

Dr. Judd antwortete darauf nicht. Er setzte sich.

»Ich habe Sie erwartet. Wenn ich mich recht erinnere, haben Sie eine außerordentlich starke Abneigung gegen Schecks.«

Flimmer-Fred grinste.

»Stimmt – eine Schwäche von mir.«

Judd zog einen Schlüsselbund aus der Tasche und ging zum Geldschrank. Über die Schulter blickend rief er:

»Sie brauchen nicht so genau aufzupassen, alter Freund! Ich habe nie Geld in meinem Schrank, außer wenn ich Erpresser erwarte.«

Fred machte eine Grimasse.

»Scharfe Worte haben mich noch nie umgebracht.«

Dr. Judd nahm einen Umschlag heraus, schlug die Tür zu und verschloß den Schrank. Langsam kam er zum Schreibtisch zurück, nahm ein Notizbuch aus dem Schubfach und blätterte darin.

»Sie sind drei Tage zu früh gekommen.«

Fred nickte bewundernd.

»Einen Kopf für Zahlen haben Sie, Doktor! Phantastisch! Es stimmt, ich bin drei Tage früher gekommen, weil ich sehr schnell wieder nach Nizza abreisen muß.«

Judd warf ihm den Umschlag über den Tisch hinweg zu.

»Es sind zwölfhundert Pfund in dem Kuvert, Sie brauchen es nicht nachzuzählen, es stimmt genau.« Er lehnte sich im Stuhl zurück und zog einen goldenen Zahnstocher aus der Westentasche. »Ich bin selbstverständlich ein Narr, daß ich eine solch schändliche Erpressung ertrage! Ich tue es nur, um das Andenken an meinen Bruder von Verleumdung freizuhalten.«

»Wenn Ihr Bruder sich damit amüsiert, in Montpellier einen Mann niederzuschießen, und wenn ich zufällig dazukomme und ihm helfe zu entwischen – ich kann beweisen, daß ich das getan habe –, dann darf ich wohl Anspruch auf eine kleine Entschädigung erheben!«

»Sie sind ein unglaublicher Schuft«, erwiderte Dr. Judd beinah freundlich, »und Sie amüsieren mich. Nehmen Sie an, ich wäre nicht so, wie ich nun einmal bin! Nehmen Sie an, ich wäre verzweifelt und könnte das Geld nicht auftreiben! Was dann? Ich könnte Sie ...«

»Sie meinen ... Das würde nicht viel ändern – für Sie. Ich habe den ganzen Vorfall niedergeschrieben, die Schießerei, wie ich dem Mann half zu fliehen, wie ich nach London zurückkam und ihn dort als Mr. David Judd wiedererkannte – mein Rechtsverdreher hat die ganze Geschichte in Händen.«

»Ihr Anwalt?«

»Selbstverständlich mein Anwalt.« Fred beugte sich über den Tisch. »Wissen Sie, zuerst glaubte ich überhaupt nicht, daß Ihr Bruder gestorben ist. Ich dachte, die ganze Sache wäre bloß ein Schwindel, um mich übers Ohr zu hauen, und ich würde es auch nicht geglaubt haben, wenn ich es nicht in den Zeitungen gelesen hätte und nicht selbst beim Begräbnis gewesen wäre.«

Dr. Judd steckte den Zahnstocher in die Tasche und stand auf.

»Daß ein Mensch wie Sie einen Namen wie den seinen mit Schmutz bewerfen durfte!« sagte er mit drohender Stimme.

Er ging um den Tisch herum und blickte finster auf Flimmer-Fred, der jedoch, an solche Szenen gewöhnt, nur lächelte. Schließlich war es nicht seine erste Erpressung.

»Der beste Mensch, der je gelebt hat, der intelligenteste, wunderbarste – einer der größten Männer überhaupt...« Dr. Judds Stimme schwankte in höchster Erregung, sein Gesicht war weiß geworden. »Und durch einen Menschen wie Sie...« Bevor Fred begriff, was vorging, hatte Judd ihn am Kragen gepackt und emporgerissen.

»Was fällt Ihnen ein?« schrie Fred und versuchte loszukommen.

»Nicht das Geld...« stieß Judd hervor. »Das läßt mich kalt. Aber einen Mann mit Schmutz zu bewerfen, einen Mann...« Seine Stimme überschlug sich, die freie Hand fuhr hoch.

Ein Schrei wie von einem wilden Tier! Fred warf sich mit aller Macht zurück, um diesen Fäusten zu entkommen. Plötzlich, wie herbeigezaubert, lag in seiner Hand ein Revolver.

»Hände hoch und keine Bewegung! Verdammt noch mal!«

Und dann fragte eine Stimme sanft und liebenswürdig:

»Kann ich hier irgendwie behilflich sein?«

Fred fuhr herum und erstarrte zu einem Bild komischer Bestürzung. Seine Augen traten aus den Höhlen.

Auf der Türschwelle stand, freundlich lächelnd, Larry Holt.

Dr. Judd hatte sich erstaunlich rasch gefaßt.

»Sie kennen unsern Freund Grogan? Er ist Mitglied unseres dramatischen Vereins. Wir haben gerade eine Szene aus den ›Korsischen Brüdern‹ geprobt. Ich glaube, es sah ganz echt aus?«

»Ich dachte, es wäre aus ›Julius Cäsar‹.« Larry kam gemächlich näher.

Dr. Judd blickte von Flimmer-Fred zu Larry.

»Mit wem habe ich eigentlich das Vergnügen?« fragte er. Er war immer noch blaß, doch seine Stimme hatte wieder ihren gutmütigen Klang.

»Inspektor Holt von Scotland Yard«, stellte sich Larry vor. »Aber nun ernsthaft gesprochen! Erheben Sie irgendeine Anklage gegen diesen Mann?«

Judd wehrte lachend ab.

»Nein, nein, wirklich, es war weiter nichts als eine harmlose Dummheit.«

Nun war es Larrys Blick, der von einem zum andern wanderte. Die Vorstellung, daß ein Versicherungsdirektor mit einem notorischen Verbrecher harmlose Dummheiten machte, fand er ein wenig ausgefallen.

»Ich nehme an, Sie kennen diesen Mann?«

»Ich habe ihn schon einige Male getroffen«, erwiderte Judd ruhig.

»Sie wissen natürlich auch, daß er ein Verbrecher und unter dem Namen Flimmer-Fred bekannt ist und daß er hier und in Frankreich mehrere Jahre im Gefängnis gesessen hat?«

»So etwas dachte ich mir«, sagte der Doktor nach einer Weile. »Begreiflicherweise muß Ihnen meine Verbindung mit diesem Mann sehr eigenartig vorkommen – aber ich bin leider nicht in der Lage, eine Erklärung geben zu können.«

Flimmer-Fred schwebte in tödlicher Angst und Sorge, daß der Doktor den eigentlichen Grund seines Besuches mitteilen könnte. Aber jede derartige Absicht lag Dr. Judd fern.

»Sie können jetzt gehen!« sagte er nur kurz.

Flimmer-Fred gab sich Mühe, etwas von seiner Unverfrorenheit zurückzugewinnen. Er steckte sich mit zitternden Händen eine Zigarre an.

Larry beobachtete ihn dabei.

»Sie sollten unbedingt etwas für Ihre Nerven kaufen, Fred! Die Apotheke an der Ecke links ist noch offen!« Er kicherte leise.

Flimmer-Fred machte einen kläglichen Versuch, vollkommene Gleichgültigkeit zur Schau zu tragen, und verschwand.

Larry wartete, bis sich die Tür hinter ihm geschlossen hatte, und wandte sich dann an den Doktor.

»Es tut mir leid, daß ich gerade in einem so unpassenden Augenblick kommen mußte. Ich glaube nicht, daß Sie in Gefahr waren. Freds dramatische Effekte liegen mehr im Drohen – er schießt nicht!«

»Das glaube ich auch.« Dr. Judd lachte. »Nehmen Sie Platz, Mr. Holt! Ich arbeite abends gewöhnlich sehr lange. Natürlich konnte ich nicht annehmen, daß Sie . . .«

»Es war niemand unten, als ich kam«, entschuldigte sich Larry, »sonst wäre ich nicht unangemeldet eingedrungen.«

»Ja, ich hatte den Portier weggeschickt, um Zigaretten zu besorgen – da ist er ja auch schon!«

Tatsächlich klopfte es an der Tür, ein livrierter Mann kam herein und legte ein Päckchen auf den Tisch.

Dr. Judd zündete sich eine Zigarette an.

»Nun, Mr. Holt – was führt Sie zu mir? Ich nehme an, wieder der Fall Stuart. Ich habe heute schon einmal mit einem Ihrer Beamten gesprochen.«

»Ja, Stuart – man hat mir den Fall heute abend erst übertragen, ich habe die Fundgegenstände flüchtig angesehen und bin gleich hierhergekommen, weil ich Sie noch anzutreffen hoffte.«

»Mir ist sehr wenig bekannt«, berichtete Dr. Judd. »Vorgestern abend ging Stuart mit mir ins Theater. Er war ein eigenartiger, sehr ruhiger und außerordentlich reservierter Mann, dessen Bekanntschaft ich ganz zufällig gemacht habe. Mein Wagen stieß mit seinem Taxi zusammen, ich wurde unbedeutend verletzt, und Mr. Stuart erkundigte sich nach meinem Befinden. So begann unsere Freundschaft – wenn man überhaupt von Freundschaft sprechen kann.«

»Könnten Sie mir die Einzelheiten des bewußten Abends erzählen?« bat Larry.

»Wir trafen uns Viertel vor acht am Theatereingang und gingen sofort in die Loge A, die letzte auf der linken Seite. Die Logen liegen auf Straßenniveau, während sich Parkett und Stehplätze unterhalb des Niveaus befinden. Kurz vor Schluß des zweiten Aktes stand Stuart auf, entschuldigte sich kurz und verließ die Loge. Von da an habe ich ihn nicht mehr gesehen.«

»Und von den Logenschließern hat ihn niemand bemerkt?«

»Nein. Aber das ist auch nicht verwunderlich, Sie wissen ja, daß Premiere war. Das Personal will natürlich das Stück auch sehen und steht dann in den verschiedenen Saaleingängen.«

»War Ihnen bekannt, daß Stuart sehr reich, ein halber Millionär war?«

»Nein, ich hatte keine Ahnung davon. Außer daß er von Kanada kam, wußte ich gar nichts von ihm.«

»Ich hatte gehofft, eine ganze Menge Informationen von Ihnen erhalten zu können«, meinte Larry enttäuscht. »Niemand scheint mit Stuart bekannt gewesen zu sein.«

»Auch sein Bankier wußte nichts Näheres über ihn. Heute morgen erfuhr ich zufällig vom Direktor der London & Chatam Bank, daß er dort Kunde war.«

5

Wenige Minuten später überholte Larry auf dem Bloomsbury Pavement einen Mann, der langsam an den Häusern entlang ging und regelmäßig die Metallspitze seines Stocks auf das Pflaster stieß. Larry sah ihn noch einmal, als er weiter vorn auf ein freies Taxi warten mußte.

Ein Blinder, stellte er ganz nebenbei fest, denn in Gedanken beschäftigte er sich noch immer mit Flimmer-Fred. Was hatte Fred in Dr. Judds Büro zu tun? Was bedeuteten der Revolver und das schneeweiße Gesicht des Doktors?

Er stieg in ein Taxi und fuhr nach Westminster, wo eine grausige Pflicht auf ihn wartete. In der Leichenhalle von Westminster fand er zwei Beamte von Scotland Yard vor.

Die Untersuchung des Leichnams dauerte nicht lange. Außer einer Abschürfung am linken Knöchel gab es nichts Auffallendes. Die Kleider des Toten lagen im Nebenzimmer.

»Da, das Hemd, Sir –«, sagte der eine Beamte, »ich kann mir die blauen Flecken auf der Brust nicht erklären.«

Larry breitete das zusammengewickelte Hemd unter der Lampe auseinander. Ein Frackhemd, kaum getrocknet, auf der Brust, deutlich sichtbar, blaurote Flecken.

»Tintenstiftflecken.« Der verschwundene Bleistift fiel ihm ein. Was sollten aber diese drei unregelmäßigen Reihen von Krähenfüßen und Haken bedeuten?

Da kam ihm eine Idee. Rasch drehte er das Hemd um. Auf die hintere Innenseite des Hemdes waren drei Zeilen geschrieben worden – mit Tintenstift. Die Schrift hatte auf die Vorderseite des nassen Hemdes abgefärbt und die Flecken verursacht.

Die Buchstaben waren etwas verlaufen, aber man konnte noch deutlich lesen:

›Den Tod vor Augen vermache ich, Gordon Stuart aus Calgary, Merryhill Ranch, mein ganzes Vermögen meiner Tochter Clarissa und bitte die Gerichte, dies als meinen letzten Willen und mein Testament anerkennen zu wollen. – Gordon Stuart.‹

Darunter stand noch eine fast unleserliche, abgebrochene Zeile:

›O... hat mich in eine Falle...‹

»Das ist das merkwürdigste Testament, das mir je unter die Augen gekommen ist.«

Larry legte das Hemd weg, ging in die Leichenkammer zurück und untersuchte den Toten noch einmal. Eine Hand war zusammengekrampft, was die Ärzte offenbar übersehen hatten. Als er mit größter Anstrengung die Finger auseinanderbog, fiel mit leichtem Klingen etwas auf den Steinfußboden. Er bückte sich danach, es war ein zerbrochener Manschettenknopf mit eigenartigem Muster – ein Kranz kleiner Diamanten auf schwarzem Emaillegrund. Er suchte noch einmal gründlich, ohne jedoch etwas Neues finden zu können.

Mit gerunzelter Stirn überlegte er krampfhaft. Welche Verbindung hatten alle die Einzelheiten miteinander? Ein Zusammenhang bestand, das wußte er – das Zusammentreffen Flimmer-Freds mit Dr. Judd, das Testament auf dem Frackhemd, und jetzt – der Manschettenknopf.

Mord! Er wußte, fühlte es – Mord!

6

Als er in sein Büro kam, setzte Miss Ward auf dem elektrischen Kocher Wasser für den Tee auf. Er stutzte.

»Hallo! Ich hatte Sie tatsächlich vergessen. Sagen Sie – hat Stuart keine Manschettenknöpfe getragen?«

Sie nahm ein kleines Päckchen vom Tisch.

»Sie wurden gebracht, als Sie eben gegangen waren. Der Kommissar hatte sie vorher vergessen.«

Er öffnete das Papier und fand zwei einfache, goldene Knöpfe ohne Muster oder Monogramm. Larry holte den halben Manschettenknopf aus seiner Tasche und hielt ihn daneben.

»Was ist das?« fragte Diana. »Haben Sie das in seiner ...« Sie zögerte.

»Ja – in seiner Hand.«

»Sie glauben also, es ist Mord?«

»Ich bin davon überzeugt.«

Er nahm die Schale aus dem Wandschrank und legte die beiden goldenen Manschettenknöpfe und den halben zu dem übrigen. Es fiel ihm ein, daß er die braune Papierrolle noch nicht näher untersucht hatte. Er wickelte sie auseinander und legte das Papier flach auf den Tisch. Miss Ward schaute ihm zu, wie er den ungefähr zehn Zentimeter langen und kaum halb so breiten Papierstreifen glättete.

»Nichts. Rein gar nichts.« Er drehte das Papier um. »Auf dieser Seite auch nichts. Ich lasse es morgen fotografieren.«

»Einen Augenblick, bitte –« Diana nahm ihm das Papier aus der Hand und fuhr mit den Fingerspitzen über die Oberfläche. »Ich habe es mir gedacht«, murmelte sie, »ich war ziemlich sicher, als ich die Erhöhungen sah.«

»Was meinen Sie?«

»Es ist Braille – einige Worte in Blindenschrift.«

Sie ließ die Fingerspitzen langsam auf dem Papier hin und her gleiten.

»Ich habe es in der Blindenanstalt gelernt. Einiges ist beschädigt, wahrscheinlich durch das Wasser. Wollen Sie aufschreiben, was ich entziffern kann?«

Er riß ein Blatt vom Notizblock, nahm einen Bleistift und wartete. Vertauschte Rollen – er der Sekretär, sie der Detektiv!

»Das erste Wort heißt ›gemordet‹, dann kommt ein unleserlicher Zwischenraum, danach ›dear‹ und wieder ein Zwischenraum, und zum Schluß steht das Wort ›see‹. Das ist alles.«

Was verbarg sich hinter der verstümmelten Botschaft?

Diana Ward blickte ihren Chef an.

»Braille – Blindenschrift«, murmelte er.

»Ja. Es ist eine Art Punktierschrift. Im Verhältnis der Punkte zueinander bilden sich die Buchstaben. Wenn Blinde schreiben, gebrauchen sie ein kleines Instrument, das wie ein Griffel aussieht. Dies hier ist in großer Eile geschrieben worden. Nicht nur das Wasser, auch das schlechte Schreiben hat einiges unleserlich gemacht.«

Er hielt den Papierstreifen gegen das Licht.

»Könnte Stuart das mit seinem Bleistift gemacht haben?«

»Nein. Haben Sie ihn gefunden?«

»Den Bleistift nicht, aber ich habe entdeckt, wozu er ihn gebraucht hat.«

Er öffnete das Paket, das er mitgebracht hatte, und zeigte ihr das Hemd mit dem seltsamen Testament.

»Warum hat er innen im Hemd geschrieben?« fragte sie fröstelnd.

»Hätte er auf die Außenseite geschrieben, wäre es entdeckt und wahrscheinlich beseitigt worden.«

»Dahinter verbirgt sich etwas Schreckliches, meinen Sie nicht auch? Er muß ja in der Gewalt von jemandem und in Todesangst gewesen sein, sonst hätte er nicht auf diese Weise geschrieben. Daß er es tun und auch verbergen konnte, ich meine, daß er überhaupt noch Zeit dazu hatte . . .«

Sie stockte und errötete, als sie Larrys Blick begegnete.

»Ich muß mich sehr in acht nehmen, daß ich meinen Posten nicht verliere!« meinte er lachend. »Nun, Miss Ward, wir wollen gemeinsam an diese Arbeit gehen. Für heute aber ist es höchste Zeit, daß Sie nach Hause gehen.« Er sah auf seine Uhr. »Ich will ein Taxi bestellen – wohnen Sie weit von hier?«

»Nein, nicht besonders. Charing Cross Road.«

»Ich werde Sie nach Hause bringen. Es ist ja beinahe ein Uhr.« Larry nahm ein Telegrammformular und füllte es eilig aus. »Wenn wir das hier sofort aufgeben, wird es noch gestern zur Teezeit beim Polizeichef in Calgary ankommen!«

»Gestern? Wieso gestern? Ach, natürlich, in Kanada sind sie ja um neun Stunden gegenüber der Greenwicher Zeit zurück.«

Sie gingen zusammen weg. Es stellte sich heraus, daß ihre Wohnung auf Larrys Weg nach Richmond Park lag.

Zu Hause wartete Sunny auf ihn, von Zeit zu Zeit am Pyjama zupfend, den er schon lange bereitgelegt hatte.

7

Als er am nächsten Morgen um halb acht nach Scotland Yard kam, war zu seiner Überraschung auch Diana Ward schon im Büro. Sie hatte die umfangreiche Post, die täglich bei jedem Abteilungschef im Polizeipräsidium einläuft, sortiert und auf seinen Schreibtisch gelegt.

»Auch ein Telegramm ist dabei«, sagte sie, »aber ich habe es nicht geöffnet. Sie müssen mir überhaupt sagen, was ich mit Telegrammen und Briefen machen soll.«

»Alle aufmachen! Ich bekomme keine Privatpost ins Büro, und sollte doch einmal ein parfürmiertes Briefchen eintreffen, dürfen Sie's auch lesen.« Er riß das Telegramm auf. »Calgary! Das ist ja riesig schnell . . . Ach! Erster Reinfall – Stuart hatte kein Kind. War unverheiratet.«

Er reichte das Telegramm Diana hinüber.

Sie sah nach, wann es aufgegeben worden war.

»Es muß sofort nach Eingang beantwortet worden sein. Niemand hat sich die Mühe gemacht, gründlicher nachzuforschen. Jemand im Büro hat festgestellt, daß Stuart Junggeselle war, und daraus geschlossen, daß er auch keine Tochter habe.«

»Möglich. Nehmen wir also an, daß er weder in Calgary noch sonstwo in Kanada verheiratet war. Heimliche Trauung gibt es vielleicht in einer großen Stadt, aber nicht in kleinen Orten. Stuart lebte auf einer Farm, er hätte dort eine Heirat nicht geheimhalten können. Dadurch wird die ohnehin unklare Situation noch verwickelter. Stuart wurde offensichtlich ermordet. Wenige Augenblicke vor seinem Tod schrieb er unbemerkt sein Testament auf die Innenseite seines Hemdes. Es ist leicht möglich, daß er dies in Gegenwart seiner Mörder getan hat, ohne daß diese es bemerkten. In dem ungewöhnlichen Testament vermachte er sein gesamtes Vermögen seiner Tochter. Wir haben keine Veranlassung anzunehmen, daß Stuart in einer so verhängnisvollen und unwiderruflichen Situation einfach eine Tochter erfunden hat. Folglich muß der Polizeichef in Calgary unrecht haben.«

»Und könnte er nicht doch verheiratet gewesen sein?« fragte Diana zaghaft. »Heimlich getraut, es könnte ja in – in . . .«

»Selbstverständlich in London«, bekräftigte Larry. »Kabeln Sie an den Polizeichef in Calgary, verlangen Sie Einzelheiten über Stuarts Reisen, vor allem das Datum seiner vorletzten Reise nach London.«

Während sie das Telegramm aufsetzte, holte Larry die Schale aus dem Schrank, um die einzelnen Gegenstände noch einmal bei Tageslicht zu untersuchen. Er kam auch zu der braunen Papierrolle. Jetzt konnte man die Schriftzeichen deutlich sehen, weil das Papier an einigen Stellen trocken war.

»Ist Ihnen an diesem Papier etwas Besonderes aufgefallen, Miss Ward?«

»Ja, gestern schon, und ich habe es mir heute morgen nochmals angesehen, bevor Sie kamen. Sie haben doch nichts dagegen?«

»Sie können alles prüfen, ausgenommen mein Gewissen!«

»Gestern bemerkte ich, daß das eine Ende trockener war als das andere, und die trockenen, nicht aufgeweichten Stellen konnte ich auch leichter entziffern. So war zum Beispiel das Wort ›gemordet‹ fast nicht vom Wasser angegriffen.« Diana öffnete ihre Schreibtischschublade und holte etwas heraus. »Dies hier habe ich mitgebracht. Ich habe eine Seite aus einem Braillelesebuch genommen, Streifen gemacht und damit Versuche in meiner Waschschüssel angestellt. Hier das Resultat.« Sie nahm eine kleine Rolle, eine weiche, formlose Masse, die sofort zerriß, als sie den Versuch machte, sie auseinanderzuwickeln.

Dieser praktische Versuch bestätigte eine Schlußfolgerung, zu der Larry Holt auf ganz anderem Wege gekommen war. Die Papierrolle mußte in Gordon Stuarts Tasche gesteckt worden sein, als sein Körper nicht mehr im Wasser lag, mit andern Worten, Stuart war ertränkt worden, und erst danach wurde die Botschaft in seine Tasche gesteckt. Sie stammte entweder von einem Blinden oder von jemandem, der annahm ...

»Donnerwetter!« Larry starrte Miss Ward an.

»Was wollten Sie sagen?« fragte sie.

Nein, es war absurd. Diana Ward hatte keine amtliche Stellung im Yard. Daß sie Larry Holt als Sekretärin zugeteilt wurde, war ein Zufall, der von niemandem vorausgesehen werden konnte. Ein eiliger Anruf beim Personalchef im Präsidium ergab, daß Scotland Yard im Moment über keinen Braille-Experten verfügte. Der einzige Mann, dem die Blindenschrift geläufig war, hatte Krankheitsurlaub.

8

»Wir machen jetzt eine Spazierfahrt«, sagte Larry zu Diana. Vor dem Eingang des Präsidiums erwartete sie ein Auto.

»Wir fahren nach Beverley Manor. Das ist das kleine Nest, das Stuart regelmäßig aufsuchte. Ich möchte herausfinden, ob die alte Saxonenkirche eine solche Anziehungskraft auf ihn ausübte.«

Beverley Manor war ein kleines, ländliches Dörfchen am Fuße des Kentish Rag, und außer der alten Kirche gab es für Fremde keine Anziehungspunkte hier.

Sie fuhren zum Gasthof und machten sich von da aus zu Fuß auf den Weg zur Kirche, die etwas abseits lag. Der Kirchturm war niedrig und finster. Verschiedene Generationen hatten versucht, die ursprünglich einfachen Linien des Gebäudes zu verschönern. Entstanden aber war ein architektonischer Mischmasch.

Das Portal der Kirche stand offen, niemand war zu sehen. So anstößig auch das Äußere des Gebäudes sein mochte, das schlichte Innere der Kirche atmete Ruhe und Frieden.

Larry hatte gehofft, an den Wänden Erinnerungstafeln zu finden, die ihm irgendeinen Fingerzeig über den Anlaß von Stuarts Besuchen geben würden. Doch er wurde enttäuscht.

Er begann daher, die Gräber auf dem Kirchhof abzusuchen.

Schließlich gelangten sie ans Ende der wenigen Grabreihen und standen vor der Ausgangspforte, als ein paar Arbeiter einen in Sackleinwand verpackten Grabstein von einem Karren luden und in den Kirchhof schleppten. Larry und seine Begleiterin traten zur Seite, um die Arbeiter vorbeizulassen, die den Stein auf einem neueren, gepflegten Grabe niederließen.

»Ich fürchte, wir haben unsere Reise umsonst gemacht. Vielleicht können wir im Dorf noch etwas erfahren.« Larry wandte sich schon zum Gehen, als einer der Männer anfing, die Leinwand von dem neuen Grabstein zu entfernen.

»Schauen wir uns den doch auch gleich an«, schlug Larry vor und trat näher hinzu. Die Arbeiter machten ihm Platz. Zu seinem größten Erstaunen las er:

Zur Erinnerung
an

MARGARET STUART
Ehefrau von Gordon Stuart (Calgary, Kan.)
Gest. 4. Mai 1899

und an ihre einzige Tochter

JEANE
Geb. 10. Juni 1898
Gest. 1. Mai 1899

Diana Ward stand jetzt neben ihm. Beide starrten auf den Grabstein. »Seine einzige Tochter!« rief Larry. »Wer ist dann aber Clarissa?«

9

Ein Besuch beim Amtsvorsteher ergab kein befriedigendes Resultat. Margaret Stuart war auf einem Gut außerhalb von Beverley Manor gestorben, und seit ihrem Tod hatte das Gut zweimal den Besitzer gewechselt.

»Vor zwanzig Jahren?« fragte der Gutsbesitzer, den sie aufsuchten. »Vor zwanzig Jahren war das Haus hier so eine Art Genesungsheim. Es wurde von einer Frau geleitet, die kranke Leute aufnahm.«

Wo die Frau geblieben war, konnte er nicht sagen. Aus dem Dorf war sie nicht gewesen, und er glaubte gehört zu haben, sie wäre gestorben.

»Ich habe mir schon den Kopf zerbrochen«, fuhr er fort, »um auf ihren Namen zu kommen. Erst gestern sagte ich einem Herrn, daß er sich am besten in Somerset House erkundigen und . . .«

»Ein Herr?« unterbrach Larry. »Hat sich denn schon jemand nach ihr erkundigt?«

»Ja, Sir, ein Herr aus London. Er kam im Auto und bot mir fünfzig Pfund an, wenn ich ihm den Namen der Frau verschaffen könnte, die das Genesungsheim hier geleitet hat. Ja, er versprach mir sogar hundert Pfund, wenn ich ihm irgend etwas über eine Dame mitzuteilen wüßte, die hier vor zweiundzwanzig Jahren gestorben wäre. Stuart war, glaube ich, ihr Name.«

»Wirklich?« Larry wußte ganz genau, daß niemand vom Präsidium hier Erkundigungen eingezogen haben konnte. »Wie sah dieser Herr aus?«

»Er war ziemlich groß. Aufgefallen ist mir, daß ihm der kleine Finger der linken Hand fehlte.«

Den Rückweg nach London legten sie schweigend zurück. Erst als der Wagen schon mitten durch den lebhaften Verkehr auf der Westminster Bridge Road fuhr, kam Larry auf die Angelegenheit zurück.

»Wer hat es so eilig, Informationen über die Stuarts zu erhalten, daß er sogar fünfzig Pfund dafür bezahlen will? – Wer ist die Tochter Clarissa, wie kann er überhaupt eine Tochter

Clarissa haben, wenn seine einzige Tochter in Beverley Manor begraben liegt?«

»Sie waren doch vorhin noch beim Steinmetzmeister, bevor wir zurückfuhren. Was für eine Auskunft haben Sie von ihm erhalten?«

»Der Gedenkstein ist von Stuart bestellt worden. Er saß jedesmal lange am Grab, und er ist ja täglich hierhergekommen. Den Stein hatte er vor zwei Monaten bestellt, und letzte Woche noch war er in der Werkstatt, um ihn vor dem Aufstellen zu besichtigen. In der kurzen Zeit zwischen seinem letzten Besuch in Beverley Manor und der Nacht seines Todes muß er entdeckt haben, daß er noch ein zweites Kind hatte. Aber so etwas gibt's doch heutzutage nicht mehr – jedenfalls nicht im wirklichen Leben!«

Larry hielt sich zehn Minuten beim Kommissar auf und fuhr dann in die Stadt. Diana Ward sah ihn bis sieben Uhr abends nicht mehr. Er hatte ihr zwar gesagt, daß sie nicht warten sollte – es war Samstag und die Büros schlossen um ein Uhr. Trotzdem traf Larry sie, als er zurückkam, lesend an ihrem Schreibtisch an. Er war so erfreut darüber, daß er sogar vergaß, ihr Vorwürfe zu machen.

»Ich hab's!« rief er frohlockend.

»Was? Den Mörder?«

»Nein, nein – Stuarts Geschichte! Ist schon eine Antwort auf das Telegramm gekommen? Nein? Macht nichts – ich habe die Eintragung seiner Trauung gefunden! Sie fand im August 1897 in einer Kirche in Highgate statt. Und wissen Sie, was dann passiert ist?«

»Keine Ahnung. Was denn?«

»Sie sollen es gleich hören. Gordon Stuart, zu der Zeit noch ein junger Mann, kam besuchsweise nach England. Ich konnte feststellen, daß er vom Juni bis August im ›Cecil‹ wohnte. Der Name seiner Braut war Margaret Wilson. Er heiratete sie im August, im März 1898 kam er nochmals ins ›Cecil‹, aber allein. Im Hotel erfuhr ich, daß er zwei Tage später nach Kanada abreiste. Man führt dort nämlich ein Buch, in dem die Adressen der Besucher eingetragen werden, damit ihnen die noch eintreffende Post nachgeschickt werden kann. So gab es nicht die geringste Schwierigkeit, sein Reiseziel festzustellen. Im übrigen habe ich den Vikar der Kirche, in der er getraut wurde, aufgesucht – und dort habe ich die interessanteste Entdeckung gemacht. – Aber ich möchte nur wissen, wer der große Mann ist, dem an der linken Hand der kleine Finger fehlt!«

»Wieso?«

»Er ist einen Tag vor mir beim Vikar gewesen«, brummte Larry verstimmt. »Aber nun zur Geschichte, wie sie der Vikar erlebt und wie Stuart selbst sie ihm erzählt hat! Der Vikar erinnert sich noch deutlich an die Trauung und die näheren Umstände. Er fand, Stuart wäre ein nervöser und etwas eingebildeter Mensch gewesen, der in ständiger Furcht vor seinem Vater, einem reichen Landbesitzer in Kanada, lebte. Bei einer Tasse Tee im ›Cecil‹ vertraute Stuart dem Vikar an, daß er seine Frau zurückließe und nach Kanada führe, um seinem Vater die Neuigkeit der Heirat beizubringen. Er war in großer Sorge, was sein Vater dazu sagen würde, oder vielmehr, er bezweifelte nicht im geringsten, daß er außer sich geraten würde. Der langen Rede kurzer Sinn also war, daß er tags darauf London verlassen und bei der ersten passenden Gelegenheit seinem Vater reinen Wein einschenken wollte, um dann zurückzukommen und seine Frau zu holen. – Ich persönlich zweifle nicht im geringsten daran, daß Stuart seinem Vater gar nichts gestanden hat, daß er das Geheimnis seiner Heirat vielmehr ängstlich hütete und schließlich in der Sorge, daß man trotzdem dahinterkomme, jede Verbindung mit seiner Frau abgebrochen hat.«

»Man soll Toten nichts Böses nachsagen«, meinte Diana enttäuscht, »aber anständig hat er nicht gehandelt.«

»Es war feige«, bekräftigte Larry. »Doch muß er seiner Frau eine beträchtliche Summe zur Verfügung gestellt haben, denn als der Vikar sie wieder traf, lebte sie in guten Verhältnissen. Drei Monate später, im Juni 1898, wurde sein Kind geboren – das Kind, das er nie sehen sollte, von dem er wahrscheinlich nicht einmal etwas hörte, bis ihn, vielleicht nach Jahren, Gewissensbisse nach England trieben, um Weib und Kind aufzufinden. Vermutlich hat er sich an ein Auskunftsbüro gewandt. Das Resultat war die Entdeckung auf dem Kirchhof in Beverley Manor – das Grab seiner Frau und seiner Tochter.«

»Wer aber ist Clarissa?« fragte Diana.

Larry zuckte die Schultern.

Das junge Mädchen schwieg eine Zeitlang, plötzlich legte sie den Federhalter, an dem sie gekaut hatte, weg und blickte triumphierend über den Tisch.

»Sie haben es gefunden?« fragte Larry neugierig. »Sie haben das Rätsel der Tochter Clarissa gelöst?«

»Ich glaube, das war kein allzu schwieriges Problem. Haben Sie den Geburtsschein?«

»Noch nicht. Wir wollen morgen versuchen, ihn aufzutreiben.«

»Clarissa ist die andere Zwillingstochter!«

»Zwillinge!« stammelte Larry.

Diana lachte ihn an.

»Das liegt doch auf der Hand. Die arme Mrs. Stuart hatte Zwillinge, einer von ihnen starb, und der andere ist Clarissa, von deren Existenz Stuart vielleicht erst einige Stunden vor seinem Tod erfuhr.«

Larry starrte sie ehrfürchtig an.

»Wenn Sie Chefkommissarin der städtischen Polizei sind, vergessen Sie doch bitte nicht, mich als Sekretär anzustellen!«

10

Flimmer-Fred hatte London nicht verlassen und auch gar nicht die Absicht gehabt, wieder wegzufahren.

Mr. Grogan lebte gern auf großem Fuß, besaß eine elegante Wohnung in der Jermyn Street, seine Unkosten waren nicht gering, seine Einkünfte allerdings auch nicht. Er hatte immer verschiedene Eisen im Feuer, und in der Regel verbrannte er sich die Finger nicht daran.

Am Abend des Tages, an dem Larry Holt und Diana Ward die ersten Rätsel im Fall Stuart zu lösen vermochten, saß Flimmer-Fred allein und mißmutig in seinem prächtigen Wohnzimmer. Menschen seines Schlags, mit stets unsicheren Zukunftsaussichten, leiden an chronischer Unzufriedenheit. Hundert Pfund monatlich, zahlbar jährlich, ist sicher ein hübsches Einkommen. Aber nichts verabscheuen solche Leute mehr als Konstanz, Regelmäßigkeit und System – vielleicht weil diese Eigenschaften gerade für Vorbestrafte in enger Beziehung zum Gefängnisleben und darum in besonders unangenehmem Geruch stehen.

Zwölfhundert Pfund jährlich ergeben in fünf Jahren die respektable Summe von sechstausend Pfund. Aber fünf Jahre sind eine lange Zeit im abenteuerlichen Leben eines Mannes wie Flimmer-Fred. Zwölfhundert Pfund gestatten nur zweimal das Maximum beim Trente-et-quarante und können in weniger als drei Minuten verloren werden.

Dr. Judd war Sammler. Fred hatte erfahren, daß sein Haus in Chelsea eine wahre Schatzkammer von Gemälden und antiken Schmuckgegenständen war. In einer Zeitung hatte Fred gelesen, daß Dr. Judd Besitzer historischer Juwelen war, deren Wert fünfzigtausend Pfund überschritt. Nicht, daß sich Fred für Antiquitäten interessiert hätte, sein Verhältnis zu Steinen war rein arithmetischer Art. Wenn er sich mit Kostbarkeiten im Werte von – er wollte bescheiden sein – zehntausend Pfund aus dem Staube machen könnte, hätte er nicht nur sein Einkommen für acht bis neun Jahre im voraus, er müßte dann auch nicht alle zwölf Monate nach London kommen, um sich sein ›Gehalt‹ auszahlen zu lassen. Was konnte nicht alles in zwölf Monaten passieren!

Es würde natürlich nicht leicht sein, diese Kostbarkeiten in die Hände zu bekommen. Die gewöhnlichen Methoden, sich gewaltsam Zutritt zum Haus des Doktors zu verschaffen, waren mit Freds professionellen Grundsätzen unvereinbar. Ein Brecheisen war ein Instrument, das er verabscheute, nicht zuletzt, weil seine Handhabung Mühe und Arbeit bedeutete. Es gab andere Wege. Ob der Doktor wagen würde, ihn anzuzeigen?

Anderntags schlenderte Fred über den Piccadilly Circus, als ihm ein großer, starker Mann begegnete, der sich nach einem kurzen Blick an ihm vorbeizudrücken versuchte. Aber Fred packte ihn am Arm und hielt ihn fest.

»Ist das nicht die liebe, alte Nummer 278? Wie geht's denn, Strauß?«

Das Gesicht von Mr. Strauß zuckte.

»Ich glaube, Sie irren sich, Sir.«

»Laß den Blödsinn!« Fred zog ihn in die Lower Regent Street hinein.

»Entschuldigen Sie, daß ich Sie nicht gleich erkannt habe. Ich dachte, sie wären ein – Spitzel.«

»Noch nicht«, sagte Flimmer-Fred. »Na, wie geht's? Erinnerst du dich an den Stollen G in Portland? Und Block B?«

Strauß war wenig beglückt, an seine Gefängniszeit erinnert zu werden. Wieder zuckte es in seinem Gesicht.

»Und wie geht's Ihnen?« fragte er.

Fred war heute ohne seinen Schmuck ausgegangen, kein Brillant blitzte an seiner Krawatte.

»Schlecht«, schwindelte er. Kein richtiger Hochstapler gibt je zu, daß es ihm gutgeht. »Warum aber dachtest du, ich wäre ein Spitzel?«

»Ach, ich dachte bloß so.«

»Immer noch im alten Geschäft?« fragte Fred und bemerkte den unruhigen Blick des andern. Strauß sah sich um, als ob er eine Möglichkeit zum Entwischen suchte.

»Nein, nein, damit ist's aus. Ich arbeite jetzt.«

»Na ja!« Fred mußte an die recht ähnliche Unterhaltung mit Larry Holt vor ein paar Tagen in Paris denken. »Ich wette, du bist auf dem Weg zum nächsten Hehler! Was hast du da in der Tasche? Zeig her!«

»Ach, nichts – nur kleiner Dreckkram. Hab' ich bekommen, wird nicht weiter vermißt.«

»Dann zeig schon!«

Widerwillig griff Strauß in die Tasche, brachte die gefüllte Hand wieder zum Vorschein und hielt sie, wie ein Gefäß gewölbt, vorsichtig in Brusthöhe.

Fred reckte den Hals und nahm sich etwas heraus.

»Da, schau mal, was für niedliche, seltene Dinger – die wirst du mir abtreten, Freund! Im Moment geht's mir dreckig, du kriegst das Geld dafür – gelegentlich.«

Mr. Strauß fluchte.

»Nein, wirklich, das ist nicht anständig von Ihnen, Mr. Grogan, und Sie sehen gar nicht so aus, als ob's Ihnen schlecht ginge!«

»Der Schein trügt. So – und nun stoßen wir darauf an!« schlug Fred vergnügt vor und ging voran in die nächste Bar. »Was bist du jetzt eigentlich? Kammerdiener oder Haushofmeister?«

»Haushofmeister«, antwortete Strauß. »Das ist gar nicht so schlecht, Mr. Grogan.«

»Sag doch Fred, Mensch!«

»Wenn du nichts dagegen hast. Nein, wirklich, ich habe eine Stellung bei einem sehr feinen Herrn.«

»Reich?«

»Mächtig. Aber kommt nicht in Frage. Er weiß, daß ich gesessen habe, und behandelt mich sehr anständig.«

Fred sah ihn interessiert an.

»Immer noch das verfluchte Gift?«

Strauß wurde rot.

»Ja – ab und zu ein bißchen Koks.«

»Wer ist nun aber dein Herr?«

»Du wirst ihn doch nicht kennen – Geschäftsmann in der City, Direktor von einer Versicherungsgesellschaft.«

»Dr. – Judd?« fragte Fred schnell.

»Stimmt. Doch woher weißt du das?«

II

Auf dem Nachhauseweg beschäftigten sich Diana Wards Gedanken unablässig mit den Problemen, die der Fall Stuart aufgeworfen hatte. Sie wohnte in der Charing Cross Road im Hause eines Zigarrengeschäftes.

Sie schlug die Haustür hinter sich zu und stieg langsam die dunkle, enge Treppe hinauf. Sie bewohnte die oberste und billigste der drei kleinen Etagenwohnungen, die über dem Zigarrenladen lagen. Die Mieter der anderen Wohnungen waren übers Wochenende aufs Land gefahren. Im ersten Stock wohnte ein lediger Regierungsbeamter, der gelegentlich laute Partys gab, im zweiten ein Künstler mit seiner Frau.

Diana war schon in der zweiten Etage angelangt und eben dabei, die beiden letzten Treppen in Angriff zu nehmen, als sie stehenblieb. Sie glaubte, ein Geräusch gehört zu haben, ein leises Knacken, das sie mehr gefühlt als gehört hatte. Sie wartete einige Augenblicke, aber dann sagte sie sich, daß es ja oft leise knackte in dem alten Haus, und schalt sich wegen ihrer Nervosität. Trotzdem ging sie sehr langsam weiter und erreichte den obersten Treppenabsatz. Nur noch wenige Schritte trennten sie von ihrer Wohnungstür. Der Treppenabsatz war breit, und mit einer gewissen Herausforderung streckte sie eine Hand ins Dunkel aus, als ob sie einen verborgenen Eindringling packen wollte.

Sie erstarrte vor Schrecken. Ihre Hand hatte einen Mantel berührt! Gellend schrie sie auf, doch im gleichen Augenblick preßte sich eine riesige, rauhe Hand auf ihren Mund, ihr Gesicht, und drückte sie langsam nach hinten. Sie sträubte und wehrte sich mit allen Kräften, aber der Mann, der sie gepackt hielt, umklammerte sie derart hart, daß sie jeden Widerstand aufgeben mußte, um überhaupt noch atmen zu können. Da lokkerte sich der Druck des einen Armes, eine Hand tastete über ihr Gesicht, und auch der andere Arm, der sie noch umschloß, gab ein wenig nach.

Mit einem plötzlichen Ruck riß sie sich los, flog die paar Schritte zur Tür, stieß sie auf und warf sie fast im gleichen Augenblick hinter sich wieder zu. Der Schlüssel steckte auf der Innenseite. Blitzschnell drehte sie ihn herum – gewaltig erleichtert darüber, daß sie ihre Tür nie von außen verschloß, wenn sie wegging. Sie rannte durchs Zimmer, schaltete das Licht ein, riß ein Schubfach auf und nahm einen kleinen Revolver heraus. Sie lief, wenn auch mit klopfendem Herzen, zur Tür zurück und – öffnete. Auf der Türschwelle blieb sie stehen, rührte sich nicht und lauschte. Dann hörte sie einen leisen Schritt auf der Treppe und drückte ab. Ein Angstschrei – hastige Tritte polterten die Stufen hinunter. Sie zögerte eine Sekunde, dann eilte sie hinterher. Das Poltern war jetzt auf dem untersten Treppenstück, die Tür schlug an die Wand. Als sie atemlos unten ankam, stand die Tür offen, niemand war zu sehen.

Sie verbarg den Revolver in der Manteltasche und trat auf die Charing Cross Road hinaus. Um diese Zeit kamen selten Fußgänger vorbei. Vergeblich spähte sie nach ihrem Angreifer. Das kleine Lieferauto einer Wäscherei fuhr die Straße entlang. Die einzige Person weit und breit war ein alter, blinder Mann. Mühsam schlurfte er auf der anderen Straßenseite davon. Monoton stieß die Metallspitze seines Stocks auf das Pflaster: Tap – tap – tap . . .

12

»Wünschen Sie vielleicht einen Whisky-Soda, Sir?« fragte Sunny.

Larry trug bequeme Hauskleidung – Schlafrock, alte Hosen, weiches Hemd – und stopfte die geliebte Pfeife mit einem Gefühl des Wohlbehagens.

»Glauben Sie, Sunny, es gibt schlechtere Dinge als London an einem schönen Frühlingstag, wenn das Herz . . .« Es klingelte. »So spät noch Besuch?« wunderte sich Larry. Von Scotland Yard konnte es niemand sein, die Herren dort bedienten sich des Telefons.

»Ich glaube, es ist jemand an der Tür«, stellte Sunny fest.

»Großartig, wie Sie das herausgefunden haben! Los, machen Sie schon auf!«

Er wartete, hörte draußen reden – eine Frau, doch bevor er irgendwelche Vermutungen anstellen konnte, stand Diana Ward im Zimmer. An ihrem Gesicht sah er, daß etwas vorgefallen sein mußte.

»Was ist passiert?« fragte er rasch. »Setzen Sie sich doch, bitte. Ich wollte gerade Kaffee trinken – darf ich Ihnen eine Tasse anbieten? Sunny, bringen Sie zwei Tassen!«

»Ja, Sir. – Wünschen Sie, daß ich ins Kino gehe?«

»Idiot!« murmelte Larry und ärgerte sich, daß er rot wurde. »Bringen Sie den Kaffee, Sie – Sie . . .« Wütend gab er es auf, nach dem treffenden Wort zu suchen, und wandte sich Diana zu.

»Was ist geschehen?«

Ohne Umschweife erzählte sie, was ihr zugestoßen war.

»Glauben Sie, daß es ein Einbrecher war, den Sie durch Ihr unerwartetes Eintreffen gestört haben?«

»Nein, das glaube ich nicht. Ich bin überzeugt, daß es ein sehr ernstgemeinter Angriff war. Als ich in meine Wohnung zurückkam, habe ich alles durchsucht. Im Wohnzimmer stand ein großer Wäschekorb.«

»Ein Wäschekorb?«

»Er ist mit einer dicken Polsterung ausgeschlagen, auch der Deckel ist gefüttert. Das hier habe ich im Korb gefunden.«

Sie legte etwas Rundes auf den Tisch, das wie eine Pilotenkappe aussah, aber keine Öffnung für den Mund hatte. Larry nahm das Ding und roch daran, was überflüssig war, denn der eigenartig süßliche Geruch war ihm schon vorher aufgefallen.

»Mit Chloroform getränkt! Es würde Sie nicht völlig besinnungslos gemacht, aber sicher für kurze Zeit betäubt haben.« Larry ging im Zimmer auf und ab. »Haben Sie noch etwas anderes bemerkt?«

»Als ich auf die Straße kam, fuhr gerade der Lieferwagen einer Wäscherei vorbei. Besonders aufgefallen daran ist mir, daß die Aufschrift ›Wäscherei‹ dilettantisch aufgemalt und zudem fehlerhaft geschrieben war.«

»Unverständlich ist mir, wie der Kerl Sie allein hätte wegbringen können. Es muß noch jemand im Haus gewesen sein.«

»Dieser Mensch hatte aber eine unglaubliche Kraft. Es wäre ein leichtes für ihn gewesen, den Korb die Stufen hinuntergleiten zu lassen, und unten hätte ihm der Chauffeur geholfen, den Korb in den Lieferwagen zu heben.«

»Warum aber hat man es auf Sie abgesehen?« fragte er verwirrt.

»Vielleicht bin ich durch Zufall, ohne es selbst zu wissen, in etwas hineingeraten? Sicher handelt es sich um den Fall Stuart. Vielleicht weiß oder besitze ich etwas, das für die Täter gefährlich ist und das sie beseitigen möchten.«

»Warten Sie bitte einen Augenblick, ich will mich umziehen.« Larry verschwand im Nebenzimmer.

Sunny erschien mit einem Tablett.

»Nehmen Sie Zucker, Miss?« fragte er feierlich. »Es gibt nämlich Damen, die keinen Zucker mögen, weil er dick macht.«

Auf der Fahrt nach ihrer Wohnung fragte Diana amüsiert, ob Sunny immer mit allem übereinstimme, was sein Herr sage.

»Mit allem, ohne Ausnahme«, bestätigte Larry. »Er treibt mich manchmal zur Verzweiflung. Das muß ich erst noch herausfinden, worüber Sunny eine eigene, unabhängige Meinung hat!«

Worüber Sunny eine eigene, ganz bestimmte Ansicht besaß, sollte er eines Tages herausfinden – doch dies lag noch in weiter Ferne.

Als sie das Haus in der Charing Cross Road erreichten, leuchtete Larry mit der Taschenlampe das ganze Treppenhaus ab, ohne etwas Besonderes festzustellen. In der Wohnung untersuchte er den Wäschekorb, den Diana schon beschrieben hatte.

»Auch nichts. Sehen Sie doch einmal nach, ob Ihnen etwas fehlt.«

Sie schaute in alle Kästen und Schubladen. Plötzlich machte sie ein verdutztes Gesicht und rief:

»Mein grüner Mantel und ein Hut sind verschwunden!«

»Ist der Hut auffallend?« fragte er.

»Wie meinen Sie das?«

»Ob er besonders ins Auge fällt?«

»Ich glaube schon. Er ist goldgelb, ich trage ihn zum grünen Mantel.«

»Haben Sie ihn in Scotland Yard schon einmal aufgehabt?«

»Schon oft«, erwiderte sie, ohne zu begreifen.

»Dann ist mir alles klar. Kommen Sie mit, ich möchte Sie nicht gern allein hierlassen.«

Sie begaben sich gemeinsam zur nächsten öffentlichen Telefonzelle. Larry rief das Präsidium an und ließ sich mit dem diensttuenden Pförtner verbinden.

»Hier Inspektor Holt. War Miss Ward heute abend im Büro?«

»Jawohl – sie ist gerade wieder weggegangen.«

Larry stöhnte.

»Ich bin doch gar nicht im Präsidium gewesen!« protestierte Diana.

»Aber jemand, der Sie sehr gut nachgeahmt haben muß!«

Wenige Minuten später betraten sie schon das düstere Gebäude am Themseufer. An der Tür von Zimmer 47 fanden sie nichts Auffälliges. Er öffnete und schaltete das Licht ein.

»Da haben wir's!« stieß er leise hervor.

Das Schloß des Wandschranks, in dem er die Schale mit den Fundsachen im Fall Stuart aufbewahrte, war aufgebrochen. Die Türen standen weit offen.

Er nahm die Schale heraus. Mit einem Blick überflog er den Inhalt. Die Brailleschrift fehlte.

Er ging zum Telefon.

»Schicken Sie die ersten beiden Beamten, die Sie im Hause erreichen, und einen Boten hierher. Bitte schnell!«

Miss Ward beobachtete ihn mit Interesse. Jetzt lernte sie zum erstenmal den wirklichen Larry Holt kennen, den Mann, der ›nicht einmal im Schlaf die Spur verliert‹, wie der Kommissar sich ausgedrückt hatte. Er hob die Schale vorsichtig hoch. Vermutlich waren Handschuhe getragen worden, und Larry nahm an, falls sie überhaupt ausgezogen wurden, dann konnte es nur beim Hantieren mit der Schale und ihrem Inhalt geschehen sein. Jemand, der nicht gewöhnt ist, mit Handschuhen zu arbeiten, wird sie ablegen, wenn er so kleine Gegenstände prüfen muß. Diese Annahme war richtig. Als er auf die polierte Rückfläche der goldenen Uhr hauchte, wurde ein Fingerabdruck deutlich sichtbar.

Inzwischen waren die zwei angeforderten Beamten eingetroffen.

»Ist in der daktyloskopischen Abteilung jemand im Dienst?« fragte Larry.

»Jawohl.«

»Bringen Sie die Uhr hin. Halten Sie sie an der Krone. Kann man den Abdruck nicht mit Puder sichtbar machen, muß er sofort fotografiert werden.«

Der oder vielmehr – die Einbrecherin hatte noch einen anderen Fehler gemacht. Larry zog den Papierkorb unter dem

Tisch hervor. Obenauf lagen drei zusammengeknüllte Stückchen Papier. Zwei davon enthielten Briefnotizen in Dianas Handschrift, das dritte dagegen zeigte einen Plan des Zimmers, von fachmännischer Hand mit Tinte gezeichnet, auf dem sogar die Position der Schreibtische eingezeichnet war.

»Der Zeichner hat angenommen, daß es hier drei Wandschränke gibt«, sagte Larry und zeigte auf die Skizze. »Einer soll links vom Kamin sein.« Er blickte auf und zog die Brauen überrascht in die Höhe. »Weiß der Himmel, das stimmt auch! Und einer hinter der Tür.« Er sah hin und nickte. »Die kennen das Zimmer besser als ich! Ich glaube, Miss Ward, wir sollten uns einen Panzerschrank und eine Leibwache zulegen.«

Auch der Pförtner, den Larry kommen ließ, konnte keine zufriedenstellende Auskunft geben. Er hatte angenommen, es wäre Miss Ward, die an seiner Loge vorbeiging. Es war üblich im Yard, daß die Beamten beim Passieren der Portiersloge ihre Zimmernummer angaben. Und auch diese Besucherin hatte ›47‹ angegeben und war ohne weiteres eingelassen worden.

Es war noch keine Stunde vergangen, als der Mann von der daktyloskopischen Abteilung hereinkam. Er strahlte, sichtlich mit dem Erfolg seiner Arbeit zufrieden, übers ganze Gesicht.

»Gleich beim ersten Griff gefunden, Sir!« verkündete er. »Fanny Weldon, Coram Street 280. Hier sind die Personalien.« Er übergab Larry eine Karte.

Der Beamte, der die Uhr weggebracht hatte, kannte die Frau und berichtete:

»Ihre Spezialität ist, andere Leute zu imitieren. Der dicke Joe Jacket hat sie engagiert, damit sie die bekannte Schauspielerin Lottie Holm darstellte. Das war vor etwa zwei Jahren. Später hat sie im Hotel Victor Hugo eine Bardame gespielt, der Besitzer war abwesend, und die Mannic-Bande hat bei der Gelegenheit dreitausend Pfund erwischt.«

Larry saß hinter seinem Schreibtisch, das Kinn in die Hand gestützt.

»Es ist ganz klar«, resümierte er, »diese Leute wissen nicht nur sehr genau Bescheid, sie kennen auch alle ›Spezialisten‹ von London. Fanny Weldon haben sie zweifellos eingespannt, um . . .

Wie war doch die Adresse – Coram Street 280? Versuchen Sie gleich, die Frau herzubekommen!«

Fannys Bekanntschaft machte er jedoch erst gegen Morgen. Sie war recht hübsch.

»Was soll ich eigentlich getan haben?« fragte sie.

»Heiligtumsschändung!« erwiderte Larry feierlich.

»Wieso Heiligtumsschändung? Was wollen Sie damit sagen? Einbruch in eine Kirche oder so ähnlich?«

»Einbruch in Scotland Yard!«

Sie seufzte tief.

»Dann liege ich schief!«

»Das glaube ich auch.«

Schon bei ihrem Eintreffen in Scotland Yard war Fanny einer kurzen Kontrolle unterzogen worden. Man hatte in ihrer Handtasche einhundertfünfzig Pfund in Banknoten gefunden. Inzwischen schien sie sich vom ersten Schrecken erholt zu haben. Anzüglich verlangte sie jetzt, daß das Geld genau gezählt und notiert würde.

»Mir ist schon verschiedenes auf Polizeibüros abhanden gekommen.«

»Darauf kommen wir noch zurück«, winkte Larry ab. »Zuerst haben wir eine andere Rechnung miteinander. Sie haben eine Chance, und ich rede absolut offen mit Ihnen. Es liegt Scotland Yard nichts daran, wenn alle Welt erfährt, daß ein weiblicher Einbrecher dem Präsidium einen Besuch abgestattet und unter den Augen der Polizei Beweisstücke entwendet hat. Und darum werden Sie mir jetzt ganz genau sagen, was ich von Ihnen wissen will! Wer hat Sie angeworben?«

»Von mir erfahren Sie nichts.«

»Sie werden mir außerdem sagen, wer der Mann war, dem Sie die gestohlenen Sachen ausgehändigt haben – und wo dies geschehen ist.«

»Es hat gar keinen Zweck, so viel zu fragen, ich antworte ja doch nicht. Sparen Sie sich die Mühe – Sie können mich ja einsperren!«

»Ich werde Sie auch einsperren lassen, sobald ich Ihnen die gegen Sie vorliegende Anklage mitgeteilt habe.«

Sie fuhr hoch und blickte ihn mißtrauisch an.

»Was meinen Sie? Was für eine Anklage? Sie sagten ja schon – Einbruch ...«

»Nein. Wenn ich keine befriedigenden Antworten auf meine Fragen erhalte, lasse ich Anklage gegen Sie erheben wegen Beihilfe zum Mord an Gordon Stuart in der Nacht des dreiundzwanzigsten April.«

»Mord?« wiederholte sie entsetzt. »Mord? Mein Gott, Sie glauben doch nicht im Ernst, daß ich ...«

»Sie sind in einer fatalen Lage«, versicherte Larry. »Sie helfen Mördern, sich dem Zugriff zu entziehen. Sie haben sich verleiten lassen, ein wichtiges Beweisstück zu stehlen, das in den Händen der Polizei war und vielleicht die Mörder überführt hätte – all das macht Sie außerordentlich verdächtig.«

»Ist das wirklich Ihr Ernst?« fragte Fanny.

»Vollkommen. Glauben Sie ja nicht, daß ich Sie zum besten halten will. Ich habe keinen Grund, nicht ehrlich mit Ihnen zu sein.«

»Wer sind Sie eigentlich?«

»Ich bin Inspektor Holt.«

»Allmächtiger! Sie sind...« stammelte sie. »Ich dachte, Sie wären im Ausland. Nein, nein, dann ist es sinnlos, Mr. Holt, ich erzähle Ihnen lieber gleich, was ich weiß. Ich habe genug von Ihnen gehört. Man sagt auch, daß Sie ein faires Spiel spielen. Also gut – von der ganzen Geschichte habe ich bis gestern nachmittag keine Ahnung gehabt, und dann wurde ich angerufen. Ich sollte mich mit dem großen Jake oder dem blinden Jake, wie er auch genannt wird, treffen.«

»Blinder Jake?« wiederholte Larry. Er kannte den Namen nicht. Doch jetzt fiel ihm eine Episode ein, die sich gestern abgespielt hatte. Vor dem Gebäude trieb sich ein blinder Streichholzhändler am Themseufer herum. Larry, der gern einmal das Instrument gesehen hätte, das Blinde für die Brailleschrift benutzten, bat Diana, den Mann heraufzuholen. Dieser blinde Händler war im Büro gewesen. Sollte er –?

»Die Polizei weiß genau Bescheid über ihn, Mr. Holt«, sagte Fanny zögernd. »Er ist ein schlechter Mensch. Das klingt komisch, aber vielleicht verstehen Sie, was ich meine – er ist schlecht, grundschlecht. Ich habe eine Heidenangst vor ihm; es gibt keinen Strolch in London, dem es nicht genauso geht. Er hat zweimal gesessen. Gewöhnlich arbeitete er mit zwei Komplicen, beide Gauner und blind wie er. Wir nannten sie ›die toten Augen von London‹, weil sie sich schneller bewegen konnten als jeder Sehende und der dickste Nebel nichts bedeutete für sie. Jake der Blinde war immer der Boß. Einer von ihnen verschwand, ich hörte, er wäre tot, und dann vernahmen wir fast ein Jahr nichts mehr von ihnen, bis auf einmal der blinde Jake wieder auftauchte. Er hat Geld wie Heu . . .«

»Gut. Sie haben also den blinden Jake getroffen?«

»Ja. Er gab mir den Plan . . .«

»Aber der war doch nicht von ihm«, unterbrach sie Larry. »Er konnte ihn doch nicht zeichnen.«

»Der sicher nicht«, sagte sie verächtlich. »Nein, er hatte den Plan eben bei sich. Ich muß ihn irgendwo haben. Vielleicht in der Handtasche, die Sie mir abgenommen haben.«

»Zerbrechen Sie sich darüber nicht den Kopf. Ich habe ihn im Büro gefunden.«

»Der blinde Jake also sagte mir, was ich zu tun hätte, daß er mir den Mantel und Hut geben würde, den die junge Dame hier immer trug, wenn sie ins Präsidium kam, daß ich beim Pförtner ›Nummer 47‹ sagen und dann schnell nach oben gehen müßte.«

»Was sollten Sie holen?«

»Eine kleine, braune Papierrolle. Er hat mir genau beschrieben, wie sie aussieht und daß sie in einer Schale liegt.« Sie zuckte die Schultern. »Ich möchte wissen, wie er das herausgefunden hat.«

»Wo kann ich den blinden Jake finden?« fragte Larry.

»Den können Sie nirgends finden, und am Tage läßt er sich überhaupt nicht blicken.«

»Wie sieht er aus?«

»Er ist riesengroß und stark wie ein Ochse.«

Also nicht der Streichholzhändler – der war sehr klein gewesen. Aber der Mann auf der Treppe? Groß und riesenstark – so hatte Diana ihn beschrieben.

»Wann haben Sie die Papierrolle weitergegeben?«

»Heute morgen gegen zwei Uhr. Um diese Zeit sollte ich ihn am unteren Ende der Arundel Street, nahe beim Kai, treffen.«

»Wissen Sie, wo er wohnt?«

»Nein. Vor Jahren wohnten sie in Todds Heim. Das ist eine Blindenanstalt in Lissom Lane, Paddington, wo blinde Straßenhändler unterkommen können. Aber ich glaube nicht, daß er noch dort ist.«

Er führte Fanny Weldon in die Wachstube zurück.

»Sie können sie freilassen – auf meine Verantwortung«, sagte er zum diensttuenden Beamten. »Sie, Fanny, melden sich morgen vormittag zehn Uhr hier bei mir.«

»Ja, Sir«, erwiderte sie, »aber was ist mit meinem Geld?«

Larry überlegte einen Augenblick.

»Das können Sie mitnehmen.«

Fanny zählte die Scheine sorgfältig nach.

»Wenn mir noch mal einer erzählen will, daß die Polizei nicht ehrlich ist . . .«

13

Zu viert verließen sie am frühen Morgen das Präsidium – Larry, Diana und die zwei Beamten, die bei der Aufklärung des Einbruchs in dieser Nacht mitgewirkt hatten.

»Höchste Zeit, Miss Ward, daß Sie nach Hause und ins Bett kommen! Sie sehen abgespannt aus. – Da, die Vorsehung schickt uns gerade ein Taxi!« Er winkte den Wagen herbei.

Diana fühlte sich zum Umfallen müde, versuchte aber trotzdem zu protestieren. Doch Larry blieb unerbittlich und hielt die Wagentür für sie offen.

»Sergeant Harvey bringt Sie nach Hause«, rief er ihr zu und zog den Beamten beiseite. »Sie gehen nach oben in Miss Wards Zimmer, durchsuchen die Räume sorgfältig und bleiben auf dem unteren Treppenabsatz, bis Sie abgelöst werden. – Und nun will ich mir einmal Todds Heim ansehen«, wandte er sich an Sergeant Reed.

Es dauerte eine Weile, bis sie ein zweites Taxi fanden. Es schlug sechs Uhr von den Kirchtürmen, als der Wagen vor Todds Heim hielt. Ein trauriges, wenig einladendes Haus – die Fenster waren mit blauer Farbe gestrichen, auf einer langen Tafel über dem Eingang stand in verblichenen Buchstaben: ›Todds Heim für bedürftige Blinde‹.

Larry hatte kaum geklopft, als die Tür von einem kleinen Mann geöffnet wurde.

»Das ist nicht Toby, nicht Harry, auch nicht der alte Joe ... Wer ist es?«

Sie sahen, daß er blind war.

»Ich möchte den Vorsteher sprechen.«

»Ja, Herr«, sagte der Mann respektvoll. »Warten Sie bitte hier.«

Er verschwand in dem langen, dunklen Hausgang. Bald hörten sie ihn zurückkommen. Ein großer, schlanker Mann mit weißem Priesterkragen folgte ihm, dessen eine Hand leicht der Wand entlangstrich. Er trug eine Brille mit dunklen, blauen Gläsern. Sein Gesicht zeigte einen außergewöhnlich strengen Ausdruck.

»Treten Sie bitte ein! Ich bin John Dearborn – Reverend John Dearborn«, stellte er sich vor. »Wir haben selten Besuch hier. Todds Heim hat wenig Anziehungskraft.« Er machte keine Anspielung auf die frühe Stunde des Besuchs. »Kommen Sie, wir müssen ein Stück den Gang entlang, meine Herren – ich höre, daß Sie zwei Personen sind. – Vorsicht, hier ist eine Stufe!«

Er stieß eine Tür auf, sie traten ein. Das Zimmer war behaglich möbliert. Das erste, was Larry auffiel, waren die kahlen Wände, bis ihm einfiel, daß Bilder für Blinde keinen Wert haben.

Auf dem Tisch in der Mitte des Zimmers stand ein modernes Diktiergerät, das eingeschaltet war, als sie hereinkamen. Der Vorsteher ging geradewegs auf den Apparat zu und drückte auf einen Knopf – ein leichtes Schnappen, die Spule stand still.

»Das ist mein Diktaphon«, erklärte er, als er sich ihnen wieder zuwandte. »Ich bin literarisch tätig und diktiere in den Apparat, von dem meine Worte dann abgehört und mit der Schreibmaschine geschrieben werden können. Doch nehmen Sie Platz, meine Herren!« Er setzte sich gleichfalls. »Was verschafft mir das Vergnügen Ihres Besuchs?«

»Ich bin Beamter von Scotland Yard. Mein Name ist Holt.«

Reverend Dearborn verbeugte sich leicht.

»Ich hoffe, keiner meiner Schutzbefohlenen ist in Unannehmlichkeiten geraten?«

»Ich weiß es selbst noch nicht«, erwiderte Larry. »Im Augenblick suche ich einen Mann namens Jake – den ›blinden Jake‹.«

»Blinder Jake? Ich glaube nicht, daß wir so jemand in unserem Heim gehabt haben, wenigstens nicht, solange ich die Leitung habe. Und ich bin jetzt vier Jahre hier. Vor meiner Zeit wurde das Heim von einem Mann geleitet – und noch dazu sehr schlecht –, der die schlimmste Sorte von Blinden, die es in ganz London gab, hier zusammenbrachte. Sie wissen, Blinde sind in ihrer Art großartig, tapfer und geduldig, aber leider gibt es auch andere, verkommen, vertiert, der Abschaum der Erde. Wahrscheinlich haben Sie von den ›toten Augen‹ gehört?«

»Heute morgen zum erstenmal«, antwortete Larry.

»Wir sind diese Menschen losgeworden und haben jetzt nur anständige, alte Hausierer hier, für die alles mögliche getan wird. Wollen Sie sich vielleicht das Heim ansehen?«

»Sie kennen also den blinden Jake nicht?«

»Ich habe nie von ihm gehört«, sagte Reverend John Dearborn, »aber wenn Sie bitte mitkommen wollen, können wir uns erkundigen.«

Das Heim bestand aus vier Schlafsälen und einem gemeinsamen Wohnraum, in dem es nach kaltem Tabakrauch stank. Ein paar Blinde hockten herum.

»Einen Augenblick bitte!« Der Reverend wandte sich um, als sie bereits wieder im Gang standen, und ging noch einmal ins Zimmer, kam aber bald zurück. »Niemand kennt den blinden Jake persönlich, nur einer hat überhaupt etwas von ihm gehört.«

Sie stiegen eine Treppe hinauf und kamen durch den ersten Schlafsaal.

»Ich bezweifle, daß Sie noch mehr zu sehen wünschen.« Dearborn blieb stehen.

Larry hob den Kopf und lauschte.

»Es kam mir so vor, als ob ich jemand stöhnen hörte.«

»Ja, das ist ein trauriger Fall. Oben sind kleine Zimmer für Leute, die ein wenig mehr als ihre Leidensgenossen ausgeben können. In einem davon wohnt ein Mann, der, wie ich befürchte, geistig nicht ganz normal ist. Ich habe darüber schon an die zuständige Behörde berichten müssen.«

»Können wir nach oben gehen?« fragte Larry.

Der Reverend zögerte einen Moment.

»Selbstverständlich.« Er ging voraus. »Ich fürchte nur, die Ausdrucksweise des Mannes wird Sie schockieren.«

In dem kleinen Raum lag ein abgemagerter alter Mann in den Sechzigern, der sich ruhelos im Bett hin und her warf. Er stammelte unaufhörlich etwas und schien mit einer unsichtbaren Person zu sprechen. Larry hörte ihm erstaunt zu.

»Du Biest! Du Feigling! Gehenkt wirst du – denk an meine Worte! Gehenkt wirst du dafür!«

»Es ist schrecklich«, sagte der Reverend Dearborn und wandte sich ab. »Bitte, kommen Sie, meine Herren!«

Doch Larry rührte sich nicht vom Fleck und konzentrierte sich auf das Gestammel.

»Gut, Jake, aber du wirst dafür bezahlen, denk an meine Worte – wird dir teuer zu stehen kommen! Die sollen ihre drekkige Arbeit allein machen! Ich habe das Papier nicht in seine Tasche gesteckt, das kann ich dir sagen ...«

Larry trat ganz ins Zimmer, beugte sich über den Mann und ergriff seinen Arm.

»Wachen Sie auf, ich möchte Sie sprechen!«

Larry schüttelte ihn. Aber er schwatzte weiter.

»Lassen Sie mich in Ruhe, ich will nicht noch mehr Unannehmlichkeiten haben!«

»Wie heißen Sie?«

»Ich will keine Unannehmlichkeiten mehr ...« wiederholte der Alte.

»Er phantasiert«, warf Dearborn ein. »Er bildet sich ein, daß man ihn beschuldigt, einem seiner Freunde unten einen Streich gespielt zu haben.«

»Sprach er nicht von ›Jake‹?«

»Ja, natürlich, wir haben einen Jake unten – Jake Horley. Ein harmloser, amüsanter kleiner Kerl – möchten Sie ihn sprechen?«

Ohne zu antworten machte Larry kehrt und ging die Treppe hinunter. Hinter sich hörte er Reverend Dearborn sagen:

»Ich habe mich über Ihren Besuch gefreut. Ich wünschte nur, wir würden auch sonst auf mehr Interesse stoßen. Sie haben nun einen kleinen Einblick in unsere Arbeit tun können und selbst gesehen, mit welchen Schwierigkeiten wir zu kämpfen haben.« Unten, bevor sie sich verabschiedeten, fragte er noch hastig: »Sagen Sie – warum suchen Sie diesen blinden Jake? Ich meine – es ist wegen meiner Leute, sie werden umkommen vor Neugierde über diesen polizeilichen Besuch.«

»Gegen den blinden Jake liegt eine Anzeige vor. Eine Frau hat ihn . . .«

Reed, der begleitende Sergeant, starrte Larry verblüfft an. Es war gegen jede polizeiliche Gepflogenheit, den Angeber zu verraten.

Die Hand auf der Türklinke, blieb Larry Holt noch einen Augenblick stehen.

»Entschuldigen Sie die Frage, Mr. Dearborn, sind Sie selbst auch –?«

»O ja, ich bin vollständig blind. Die Gläser trage ich nur aus Eitelkeit. Ich bilde mir ein, daß ich mit der Brille besser aussehe.« Er kicherte leise.

»Auf Wiedersehen!« Larry schüttelte ihm die Hand. Dann zog er die Tür auf und stand Flimmer-Fred gegenüber.

Wie vom Donner gerührt starrte Fred ihn an und ging – nicht ohne Risiko für sich selbst – die wenigen Stufen rückwärts hinunter. Larry betrachtete ihn mit dem Ausdruck eines Huhnes, das eine neue Art Wurm vor sich sieht.

»Wer von uns beiden läuft eigentlich wem nach? Sie mir oder ich Ihnen? Und warum so früh auf, Fred? Haben Ihre – hm – Geschäfte Sie die ganze Nacht in Anspruch genommen?«

Fred fand keine Worte. Er war den ganzen langen Weg von der Jermyn Street bis Paddington zu Fuß gegangen, hatte alle erdenkliche Vorsicht angewandt, um ja nicht verfolgt zu werden, und nun ... Endlich fand er seine Stimme wieder.

»Also eine Falle«, stellte er bitter fest. »Das hätte ich mir denken können. Aber gegen mich liegt nichts vor, Mr. Holt!«

»Doch, eine ganze Menge«, scherzte Larry, während er mechanisch die Haustür zuzog, bis sie ins Schloß schnappte. »Doch, Fred – ich kann Ihr Gesicht nicht leiden, ich kann Ihre Schmucksachen nicht mehr sehen, und Ihre Personalakten sind mir ekelhaft! Wohinein stecken Sie schon wieder Ihre Nase, Fred? Kommen Sie so früh, um den armen Blinden einen freiwilligen Beitrag zu spenden? Haben Sie endlich Gewissensbisse bekommen?«

»Lassen Sie doch den Unsinn, Mr. Holt!« Zu Larrys Überraschung wich Fred nicht von ihrer Seite.

»Wollten Sie nicht in das Heim gehen?«

»Nein«, antwortete Fred kurz und bissig.

Schweigend gingen sie ihres Weges, ein sehr nachdenklicher Fred zwischen den beiden Polizeibeamten.

»Ich habe keine Ahnung, warum Sie mich mitgenommen haben«, bemerkte Fred, als sie schon die breite Edgware Road erreicht hatten. »Sie können mich doch für eine alte Geschichte nicht nochmals fassen?«

»Was ist eigentlich mit Ihnen los? Ich habe keine Ahnung, warum Sie uns nachlaufen. Sie haben uns ja Ihre werte Begleitung förmlich aufgedrängt. Doch da jetzt noch niemand unterwegs ist, der sehen könnte, in welch respektabler Gesellschaft wir uns befinden, können wir es gut noch eine Weile in Kauf nehmen.«

»Wollen Sie damit sagen, daß ich nicht geschnappt bin?« stieß Fred ungläubig hervor und blieb stehen.

»Nicht, daß ich wüßte. Wie kommen Sie darauf?«

»Da soll einer sich noch auskennen«, stotterte Fred verdutzt. »Was soll das nun bedeuten?«

»Kennen Sie jemand in dem Heim?«

»Ich kenne das Heim so wenig wie 'nen Kuhstall. Ich habe einen Milchmann nach dem Weg fragen müssen.«

»Sie hätten sich an einen Schutzmann wenden sollen. Es gibt eine ganze Menge davon.«

»Für meinen Geschmack zuviel. Hören Sie, Mr. Holt«, sagte Fred plötzlich ernsthaft, »Sie sind ein anständiger Mensch, ich bin sicher, Sie legen mich nicht herein.«

Larry überging das Kompliment mit Stillschweigen.

»Nun?« fragte er.

Fred langte in eine seiner Innentaschen und zog einen Brief hervor.

»Was halten Sie davon?«

Larry zog den Brief, der an Fred Grogan adressiert war, heraus und las:

›Man wird Sie morgen verhaften. Larry Holt hat den Haftbefehl. Kommen Sie morgen früh halb sieben nach Todds Heim, Lissom Lane, und fragen Sie nach Lew. Er wird Ihnen sagen, wie Sie entwischen können. Passen Sie auf, daß man Ihnen nicht folgt. Erzählen Sie niemandem, wohin Sie gehen.‹

Der Brief war nicht unterzeichnet. Larry wollte ihn schon zurückgeben, aber dann fragte er:

»Haben Sie etwas dagegen, wenn ich den Brief behalte?«

»Nein, behalten Sie ihn ruhig. Nur, Mr. Holt«, fragte Fred unruhig, »wollen Sie mir nicht sagen, ob da irgend etwas Wahres dran ist, daß ich gefaßt werden soll?«

»Soviel mir bekannt ist, sind Sie nicht auf der Liste, und ganz sicher habe ich keinen Haftbefehl gegen Sie.«

14

Coram Street 280, wo Mrs. Fanny Weldon wohnte, war eine Pension. Das ganze Haus bestand aus möblierten Zimmern. Mrs. Weldon war eine geschätzte Mieterin, sie bezahlte gut und machte keine Umstände. Die Wirtin tat alles mögliche, um ihr gefällig zu sein.

Nach der unruhigen Nacht, die Fanny hinter sich hatte, schlief sie den ganzen Vormittag. Um drei Uhr nachmittags stand sie auf und beschäftigte sich mit diesem und jenem. Da war ein Hut zu bürsten, eine Bluse zu glätten, etwas auszubessern.

»Sie sind heute nacht spät nach Haus gekommen, Mrs. Weldon«, sagte die Wirtin, als sie eigenhändig den Tee brachte.

»Genaugenommen bin ich heute nacht überhaupt nicht ins Bett gekommen. Wie spät ist es jetzt?«

»Sechs Uhr. Ich dachte, Sie schliefen noch, und da Sie nicht klingelten, wollte ich Sie nicht stören.«

Fanny gähnte.

»Heute abend gehe ich aber früh zu Bett. Gibt's was Neues?«

»Nicht viel, liebes Kind. Im Zimmer nebenan wohnt jetzt ein junger Mann, ein Herr aus Manchester, sehr ruhig. Mrs. Hooper hat sich wieder einmal über das Essen beklagt ...« Und sie begann den täglichen Pensionsklatsch herzusagen.

»Schicken Sie mir irgend was Kaltes nach oben«, bat Fanny. »Ich will heute wirklich früh schlafen gehen. Morgen habe ich eine wichtige Verabredung.«

Sie dachte mit gemischten Gefühlen daran, daß sie Larry Holt aufsuchen mußte.

Um halb acht ging sie zu Bett. Sie war todmüde und schlief sofort ein. Aber sie hatte schreckliche Träume von drohenden Ungeheuern, von hohen Gebäuden, auf deren äußerstem Dachrand sie saß, von Männern, die sie mit langen, blitzenden Messern verfolgten. Ruhelos warf sie sich im Bett hin und her. Sie träumte, sie hätte einen Mord begangen, sie hätte Gordon Stuart ermordet. Nie vorher hatte sie diesen Namen gehört, bis Inspektor Holt ihn erwähnte. Sie stellte sich Gordon Stuart als einen weichlichen jungen Mann vor.

Und jetzt war der Tag der Hinrichtung gekommen, träumte sie; man schleppte sie aus ihrer Zelle, die Hände auf dem Rükken gefesselt, ein weißgekleideter Priester schritt an ihrer Seite. Sie kamen in einen kahlen Raum, der Henker erschien, er hatte das höhnische Gesicht des blinden Jake. Sie fühlte den Strick um ihren Hals, versuchte zu schreien, er zog sich enger und enger zusammen, würgte, erstickte sie. Sie wachte jäh auf.

Zwei Hände lagen um ihren Hals. Im Widerschein einer

Straßenlaterne blickte sie entsetzt in die ausdruckslosen Augen des blinden Jake. Es war kein Traum – es war Wirklichkeit. Sie versuchte, sich zu bewegen, aber seine großen Hände drückten sie nieder, und ein Knie preßte sich auf ihren Körper. In zischendem Flüsterton sprach er auf sie ein:

»Du hast mich verraten! Hast mich verraten, du Biest! Ich weiß alles. Ein guter Freund bei Todd hat mir alles erzählt. Jetzt bist du geliefert, Kleine!«

Sie rang nach Atem, sie konnte keinen Schrei, kein Wort hervorbringen, sie spürte das Blut in den Schläfen hämmern, immer stärker preßten die Hände ihren Hals. Plötzlich flammte das Licht auf.

Der ›junge Mann aus Manchester‹, der das Zimmer nebenan gemietet und geduldig die ganze Nacht auf die leisen Schritte des blinden Jake gewartet hatte, weil er wußte, daß er kommen würde, um sich an der Verräterin zu rächen – Larry Holt also stand in der Tür und richtete seinen langläufigen Browning auf den Würger.

»Hände hoch, Jake!«

Mit dem Fauchen eines gestellten Raubtiers drehte sich Jake herum.

Einen Augenblick standen sie sich regungslos gegenüber, dann streckte Jake langsam seine Hände in die Höhe.

»Kommen Sie hierher – keine Dummheiten!« befahl Larry.

Geschickt jedem Hindernis ausweichend kam der große, schwere Mann mit hochgehaltenen Händen langsam auf ihn zu. Seine eine Hand kam mit der Hängelampe in Berührung, und bevor Larry verstand, was vorging, schloß sich die Hand um die elektrische Birne, die unter dem Druck klirrend zersprang. Das Zimmer lag in Dunkelheit. Schießen konnte er nicht, ohne das Mädchen zu gefährden. Larry stellte einen Fuß vor, spannte jeden Muskel, um den Anprall des Körpers, der sich jetzt auf ihn stürzen würde, aufzufangen. Und dann war er auch schon in den Griffen des blinden Jake. Diana hatte nicht übertrieben, als sie von seiner Riesenkraft sprach – sie war unheimlich, erschreckend. Larry, selbst ein handfester Mann und Amateur-Mittelgewichts-Meister, fühlte seine Kräfte schwinden.

Er wagte auch später nie sich auszudenken, was bei diesem Kampf herausgekommen wäre, wenn ihn nicht das Geräusch einer zufallenden Tür und die Stimme eines Mannes auf der Treppe unterbrochen hätte. Jake hob den Inspektor wie ein Bündel in die Höhe und schleuderte ihn in eine Ecke. Dort landete er keuchend und halb betäubt auf einer Porzellanetagere.

Jake aber riß die Tür auf und flog die Treppe hinunter, schneller als ein Sehender es je gewagt hätte.

Larry kam mühsam auf die Füße, nahm seine Taschenlampe und fand die Pistole, die ihm entfallen war. Er lief zum Fenster, öffnete es hastig und blickte hinaus. Doch Jake war bereits um die Straßenecke verschwunden.

Jemand brachte eine andere Glühbirne, und Larry kümmerte sich um das Mädchen. Sie war immer noch bewußtlos und hatte blutrote Flecken am Hals.

»Wir müssen unbedingt einen Arzt kommen lassen«, sagte Larry.

Die Wirtin sah ihn mißtrauisch an.

»Was hatten Sie hier im Zimmer eigentlich zu suchen?« fragte sie.

Die Polizeiwache befand sich ganz in der Nähe, und der Polizeiarzt war glücklicherweise anwesend. Nach wenigen Minuten traf er ein.

In der Zwischenzeit erwachte Fanny aus der Bewußtlosigkeit, doch bekam sie sogleich einen hysterischen Anfall, der für alle Anwesenden sehr peinlich war.

»Es wäre besser, Doktor, wenn wir sie in ein Spital bringen ließen«, schlug Larry vor, und der Arzt pflichtete bei.

Eine halbe Stunde später war jede Polizeistation Londons im Besitz einer Personenbeschreibung des blinden Jake. Die Jagd begann.

Larry ging auf die Straße hinunter. Er fühlte sich schwindlig und am ganzen Körper zerschlagen. Die frische Luft tat ihm gut. Um drei Uhr morgens betrat er seine Wohnung und fand Sunny friedlich schlafend in einem Stuhl. Er ging an ihm vorbei zum Kamin. Die Hände in den Hosentaschen stand er eine Weile in Gedanken versunken und starrte auf den Teppich. Dann klopfte er seinem Diener, der zusammenzuckte und zu blinzeln begann, auf die Schulter.

»He, Sunny, wach auf! Was mir heute passiert ist – er packte mich beim Genick und warf mich quer durchs Zimmer . . .«

»Wirklich, Sir? Wann wünschen Sie morgen früh Ihren Tee?«

Larry zuckte die Schultern, schlüpfte aus den Schuhen, legte Jacke und Krawatte ab, warf sich so aufs Bett und zog mit einem Ruck die Bettdecke über sich. Er tat es nicht nur, weil er sehr müde war, sondern auch, weil er wußte, daß Sunny sich darüber ärgerte.

15

In St. George, Hannover Square, fand eine vornehme Hochzeit statt. Lange Reihen eleganter Autos säumten beide Straßenseiten. Unter den Gästen befand sich auch Mr. Fred Grogan. Nicht daß er eingeladen worden wäre, das Brautpaar kannte ihn überhaupt nicht, und selbst wenn irgend jemand hier das zweifelhafte Vergnügen gehabt hätte, ihn zu kennen, man würde ihn trotzdem nicht eingeladen haben. Aber eine solche Kleinigkeit wie eine Einladungskarte machte Fred kein Kopfzerbrechen. Er erschien in St. George mit glänzendem Zylinder, weißen Glacéhandschuhen und wunderbar gebügelten Beinkleidern. Als er durchs Kirchenportal in den breiten Mittelgang trat, hielt man ihn versehentlich sogar für den Bräutigam.

Gekommen war er nicht etwa, um Eingang in die gute Gesellschaft zu finden, sondern um dem Schauspiel beizuwohnen, wenn die verzweigten Familien von Braut und Bräutigam sich gegenseitig mit Zurückhaltung und ausgesprochener Mißbilligung betrachteten. Er wußte, daß an Hochzeiten ganze Scharen von Basen und Vettern aus der Vergessenheit auftauchten, sich in seltener Vollzähligkeit auf einem Haufen zusammenfanden und daß die Damen sich mit ihren kostbarsten Juwelen behängten.

Die Feierlichkeit dauerte sehr lange und langweilte ihn maßlos. Er bedauerte, einen derart auffälligen Platz eingenommen zu haben, der es ihm unmöglich machte, sich heimlich zu empfehlen oder wenigstens die Anwesenden zu beobachten. Endlich war die Zeremonie beendet, die Orgel rauschte triumphierend auf, Braut und Bräutigam schritten als erste feierlich durch den Mittelgang hinaus.

Fred schloß sich der Prozession an. Er überlegte, ob es ratsam wäre, an dem nun folgenden Empfang teilzunehmen – wo er stattfand, hatte er längst ausfindig gemacht –, da berührte jemand seinen Arm. Fred fuhr herum.

»Hallo, Doktor Judd«, rief er erleichtert, »ich dachte schon, es wäre wieder der verfluchte Holt!«

Dr. Judd, eine imposante Figur in seiner zeremoniellen Aufmachung, sah ihn streng an.

»Sie haben mir doch erzählt, daß Sie nach Nizza fahren?«

»Ich habe den Zug verpaßt«, erzählte Fred fließend, »und mein Freund mußte ohne mich abfahren. Nun will ich mich noch ein paar Tage in London umsehen, bevor ich abreise.«

Dr. Judd machte eine auffordernde Handbewegung.

»Kommen Sie ein paar Schritte mit – ich möchte einiges mit Ihnen besprechen.«

Sie gingen über den Hannover Square und bogen in die Bond Street ein.

»Sie fallen mir auf die Nerven, Mr. Grogan«, begann Dr. Judd. »Bis jetzt konnte mich wenigstens der Gedanke etwas beruhigen, daß Sie auf dem Kontinent Kopf und Kragen riskieren. Doch nun treiben Sie sich in London herum!«

»Wußten Sie, daß ich noch hier bin?«

»Ich hörte es. Passen Sie jetzt auf, Mr. Grogan. Halten Sie es nicht auch für besser, wenn wir zu einem Schluß kommen, uns irgendwie einigen?«

Fred war ganz Ohr.

»In welcher Weise?« fragte er vorsichtig.

»Nehmen wir an«, sagte Dr. Judd, »ich zahle Ihnen eine Pauschalsumme unter der Bedingung, daß Sie mich nicht weiter belästigen.«

Nichts konnte besser zu Freds Plänen passen. Angenommen, die Summe wäre wirklich beträchtlich, dann könnte er sich Unannehmlichkeiten und neue Schwindeleien ersparen.

»Einverstanden«, erwiderte er nach längerer diplomatischer Pause.

Dr. Judd sah ihn an.

»Aber Sie müssen Ihr Wort halten. Ich habe nicht die Absicht, zwölftausend Pfund loszuwerden . . .«

»Zwölftausend Pfund!« unterbrach Fred. »Warum nicht, das ist eine hübsche, runde Summe.«

»Doch merken Sie sich eines – ich habe nicht die geringste Lust, eine derartige Summe zu zahlen, wenn ich nicht die absolute Sicherheit habe, von Ihnen nie wieder belästigt zu werden. Wollen Sie morgen abend acht Uhr bei mir in Chelsea essen? Es werden noch einige andere Gäste dasein, doch niemand kennt sie. Ich muß Sie allerdings bitten, keine der Bekanntschaften, die Sie morgen abend machen werden, für zukünftige Fischzüge vorzumerken.«

Fred verwahrte sich entrüstet gegen solche Unterstellungen, doch der Doktor verabschiedete sich kurz und ließ ihn an der Ecke Bond Street stehen.

Zwölftausend Pfund! Fred wandelte wie auf Wolken, als er die Bond Street in Richtung Picadilly hinunterschlenderte.

Auf der anderen Straßenseite ging ein hübsches Mädchen, das es ihm antat. Er beschleunigte seine Schritte, kreuzte die Straße und blieb dicht hinter ihr. Sein eleganter Aufzug kam ihm zustatten. Siegesgewiß überholte er die junge Dame, lüftete lächelnd den Zylinder, bemerkte ihren interessierten, fragenden Blick – doch nun beging er den Fehler, die abgedroschene Phrase von sich zu geben:

»Sind wir uns nicht schon irgendwo begegnet?«

Sie sah ostentativ weg.

»Kleines Fräulein, ich muß Sie unbedingt näher kennenlernen.« Diese Phrase hatte oft schon gute Dienste geleistet.

»Dann müssen Sie mich besuchen«, erwiderte sie, was Fred ein wenig aus der Fassung brachte.

Sie öffnete die Handtasche, nahm eine Karte heraus und kritzelte ihren Namen darauf.

»Verbindlichsten Dank«, sagte er kavaliergemäß, »darf ich Ihnen hier meine Karte geben. Ja – und nun, wie denken Sie über ein kleines Dinner, Miss ...« Er hob die Karte und las die beiden obersten handschriftlichen Zeilen: »Diana Ward – ein wundervoller Name – Diana! Zimmer 47 ...« Dann änderte sich sein Gesichtsausdruck. Es kamen zwei gedruckte Zeilen: Inspektor Holt – Scotland Yard.

Fred schluckte leer.

»Wenn zufällig einmal nicht er – dann also Sie ...« stotterte er.

16

»Das ist Flimmer-Fred!« kicherte Larry, als sie ihm das Erlebnis am Nachmittag erzählte. »Der arme Kerl hat Pech – andauernd tanzt er mir vor der Nase herum.«

»Ich muß Ihnen aber noch von einer anderen Begegnung berichten«, fuhr Diana fort, »ich habe einen früheren Arbeitgeber getroffen, bei dem ich einige Monate ...«

»Sagen Sie, Miss Ward«, unterbrach Larry, »was mich schon lange beschäftigt – Sie müssen schrecklich früh zu arbeiten begonnen haben?«

»Ja. Meine Tante, die mich erzogen hat, war sehr arm.«

»Und Ihre Eltern?«

»Das ist keine erbauliche Geschichte. Ich habe meine Eltern nicht gekannt. Aber ich würde mich nicht wundern, wenn der Name meines Vaters eines Tages in den Berichten von Scotland Yard auftauchte, falls er überhaupt noch am Leben ist. Mrs. Ward hat fast nie von ihm gesprochen oder nur in wenig schmeichelhaften Ausdrücken. Ja, ich mußte schon sehr früh für meinen Lebensunterhalt sorgen. Doch nun zum Wichtigsten – dieser Arbeitgeber, den ich getroffen habe, ist Versicherungsfachmann, er erzählte, daß er in letzter Zeit empfindliche Rückschläge gehabt hätte, zuerst den Verlust eines Schiffes im Baltischen Meer, und dann mußte er eine große Versicherungssumme für den Tod eines Mannes namens Stuart auszahlen.«

»Stuart?« fragte Larry. »Doch nicht unser Stuart? Übrigens, das Gutachten lautete: ›Ertrunken aufgefunden‹. Uns lag natürlich nichts daran, Einspruch zu erheben oder irgendeine Behauptung aufzustellen, die die Mörder aufmerksam gemacht hätte. – Also Stuart?«

»Ja – und es ist unser Stuart.«

Larry pfiff leise.

»Wie ist das zugegangen?«

»Ich habe mir einige Notizen gemacht.« Sie holte ein Blatt Papier aus ihrer Handtasche. »Mr. Gray, so heißt mein einstiger Chef, ist Inhaber einer Versicherungsagentur. Wenn jemand sein Leben sehr hoch versichert, trägt die Gesellschaft, die die Police ausstellt, das Risiko nicht allein, sondern überträgt anderen Versicherungsgesellschaften Anteile an ihrer Haftpflicht. In diesem Fall hatte die Firma von Mr. Gray eine solche Rückversicherung im Werte von dreitausend Pfund übernommen.«

»Dreitausend Pfund?« wiederholte Larry. »Wie hoch war Stuart überhaupt versichert?«

»Danach habe ich mich auch gleich erkundigt.« Sie zeigte auf ihr Notizblatt. »In der Police, die Mr. Gray mit unterzeichnete, war eine Summe von fünfzigtausend Pfund angegeben, aber Mr. Gray erzählte mir, daß gleichzeitig noch eine zweite Police über den gleichen Betrag ausgestellt wurde.«

»Das also ist die geschäftliche Seite von Stuarts Tod? Versichert für hunderttausend Pfund ... Hat Mr. Gray bezahlt?«

»Natürlich hat er in dem Augenblick bezahlen müssen, als die ausstellende Firma ihre Rückversicherungsansprüche geltend machte, und obwohl er ohnehin schon Schwierigkeiten hatte, blieb ihm nichts anderes übrig, als das Geld aufzutreiben.«

»Wie heißt die ausstellende Firma?«

»Greenwich-Versicherungsgesellschaft.«

Larry sprang auf.

»Doktor Judd!« rief er.

17

Larry hatte noch einige Briefe diktiert und war dann weggegangen.

Mit jeder neuen Entdeckung wurde der Fall Stuart rätselhafter und verwickelter. Überall stieß man an Mauern, geriet in Sackgassen. Nicht einmal die Annahme, daß Stuart ermordet wurde, konnte als erwiesen gelten. Es war nur eine Theorie, die sich auf die ungewöhnlichen Umstände stützte, unter denen der Tote bei steigender Flut auf den Stufen der Ufertreppe aufgefunden wurde, und auf ein Stück Papier in Brailleschrift, das nicht mehr vorhanden war.

Mitten in der Northumberland Avenue blieb Larry stehen, zog sein Notizbuch heraus und las noch einmal die rätselhafte, verstümmelte Botschaft: ›Gemordet ... dear ... see ...‹

Warum ›dear‹? überlegte er. Ein Mann, der sich die Mühe machte, die Namen seiner Mörder anzugeben, würde wohl kaum ›dear Sir‹ geschrieben haben.

›Dear, dear, dear . . .‹ wiederholte er im stillen ständig, als er weiterschlenderte, bis ihm auf einmal eine Gedankenverbindung kam. Dearborn! Er lachte vor sich hin. Dearborn, ein weltfremder Geistlicher – eine schwierige Aufgabe, dieses Heim ... Nein, es mußte noch andere Assoziationen geben.

Es ist eine eigenartige Sache, passiert aber oft: Hört oder sieht man zum erstenmal einen ganz ungewöhnlichen Namen, so stößt man innerhalb von vierundzwanzig Stunden gleich noch ein zweites Mal auf ihn. In der Shaftesbury Avenue, als er an einem Theater vorbeikam, begegnete Larry dem Namen wieder. Er blieb stehen.

›John Dearborn‹, las er auf der Theateraffiche.

Dearborn war offensichtlich der Verfasser des Stückes, das hier aufgeführt wurde. Was für ein Theater war das eigentlich? Er trat ein paar Schritte zurück und las die Lichtschrift über dem Eingang: ›Macready-Theater‹. Aus dem Macready-Theater war Gordon Stuart verschwunden!

Ohne Zögern betrat er das enge Vestibül und ging zur Kasse. Auf dem Sitzplan, der vor dem Kassierer ausgebreitet lag, zeigten wenige blaue Striche die Plätze an, die für den Abend verkauft worden waren.

»Können Sie mir bitte sagen, wo ich Mr. Dearborn finden kann?« fragte Larry.

»Sind Sie vielleicht ein Freund der Direktion?«

»Durchaus nicht.«

»Aber zufällig ein Freund Mr. Dearborns?« fragte der Kassierer wieder und sah Larry eindringlich an, der den Kopf schüttelte. »Sehen Sie, dann kann ich Ihnen ja meine Meinung sagen. Ich wollte Sie nur nicht kränken. Ich habe keine Ahnung, wo Mr. Dearborn zu finden ist. Es wäre zu wünschen, daß es die Direktion auch nicht wüßte! Ende dieser Woche höre ich hier auf, da macht es nicht mehr viel aus, was ich sage. Dearborn ist so ungefähr der schlechteste Theaterschriftsteller, den die Welt je erlebt hat. Hoffentlich schrecke ich Sie damit nicht ab, falls Sie eine Karte kaufen wollten?«

»Keineswegs.«

»Wissen Sie, ich möchte Ihnen auch nicht zureden, eine zu kaufen. In der Sonntagvorstellung hatten wir ganze fünf Zuschauer, und es sieht so aus, als ob wir heute abend nicht auf mehr als drei kommen würden. Die einzigen, die ein gewisses Interesse an unserem Stück haben, sind die Nervenärzte, die hierherkommen, um die Reaktionen des Publikums zu beobachten; und wenn irgendwo ein Irrer ausbricht, werden die Wärter zuerst in unser Theater geschickt, um ihn hier zu suchen.«

»Haben Sie gar keinen Anhaltspunkt, wo der Verfasser dieses unglückseligen Stückes zu finden sein könnte?«

»Er ist Vorsteher einer Mission für – ich weiß nicht was, im Westend. Armer Teufel, er ist blind, ich sollte eigentlich nicht so über ihn reden. Aber er schreibt furchtbare Stücke.«

»Schreibt er schon lange?«

»Schon lange? Er schreibt ununterbrochen.«

»Und alle seine Stücke werden aufgeführt?«

»Ja.«

»Und alle fallen durch?«

»Natürlich.«

»Wie ist so etwas möglich? Keine Theaterdirektion wird immer weiter Stücke von einem Verfasser bringen, wenn sie regelmäßig durchfallen.«

»Unsere tut es«, meinte der Kassierer resigniert. »Darum ist ja auch der Name ›Macready‹ gleichbedeutend mit . . .«

»Und Sie wissen nicht, wie lange John Dearborn das schon so treibt?«

»Ungefähr zehn Jahre. Es gibt gelegentlich sogar Stellen, die nicht einmal so schlecht sind – mehr verrückt.«

»Kommt er manchmal hierher?«

»Nie. Auch nicht zu den Proben. Ich weiß nicht, warum.«

»Noch eine Frage – wem gehört das Theater?«

»Einer Gesellschaft. Darf ich wissen, warum Sie diese Auskünfte wünschen?«

»Aus keinem besonderen Grund.« Larry dankte und verließ das Theater.

Das Ganze war unbegreiflich. Aber noch unsinniger wäre es, das Wortbruchstück ›dear‹ mit dem Verfasser der schlechten Theaterstücke, also mit Mr. Dearborn, in Verbindung bringen zu wollen. Als er vor dem Theater stand, kam ihm ein Gedanke, und er kehrte noch einmal um.

»Würden Sie mir einen großen persönlichen Gefallen erweisen«, fragte er, »und mir das Theater zeigen?«

Der Kassierer machte erst Einwendungen, dann aber winkte er dem Theaterportier, der soeben seinen Dienst antrat.

Larry folgte dem Portier in den ersten Rang, von wo aus er das kleine Theater überblicken konnte. Der Raum lag im Halbdunkel, der Vorhang war geschlossen, über die Sitze spannten sich weiße Überzüge.

»Wo ist Loge A?« fragte Larry.

Durch eine schwere Portiere gelangten sie in den schmalen Gang hinter den Logen. Die letzte Tür führte in die Loge A. Larry trat ein, es war völlig dunkel, er nahm seine Taschenlampe. Auf dem kostbaren Teppich standen drei wundervoll geschnitzte antike Sessel. Sonst gab es hier nichts Ungewöhnliches.

»Sind die anderen Logen auch so kostbar ausgestattet?«

»Nein, Sir, nur Loge A.«

Larry drehte sich um, ging auf den Gang zurück. Genau in

seinem Blickfeld hing an der gegenüberliegenden Gangwand ein großer, roter Teppich. Er schob ihn etwas zur Seite und fand darunter eine eiserne Tür, auf der in roter Schrift ›Notausgang‹ stand.

»Wohin führt diese Tür?«

»In eine Seitenstraße, Sir. Es ist keine richtige Straße, nur ein Privatweg, der zum Theater gehört.«

Larry gab dem Mann ein Trinkgeld und verließ das Theater.

18

Larry Holt erwartete an diesem Abend noch einen Anruf Harveys, den er weggeschickt hatte, damit er verschiedene Erkundigungen einzog. Als das Telefon läutete, war es aber nicht Sergeant Harvey, sondern der Inspektor von der Polizeiwache in Oxford Lane.

»Ist dort Inspektor Holt?«

»Am Apparat.«

»Sie haben die Beschreibung eines schwarz emaillierten Manschettenknopfes mit Brillanten veröffentlicht!«

»Ja, natürlich. Und?«

»Ein Mr. Emden, von der Firma Emden & Smith, Pfandleihe, meldete ein Paar Manschettenknöpfe, die mit der Beschreibung in der amtlichen Diebstahlsliste übereinstimmen.«

»Haben Sie sie dort?« fragte Larry eifrig.

»Nein, Sir. Aber Mr. Emden ist hier im Büro, falls Sie ihn sprechen wollen. Er kann Ihnen die Knöpfe morgen früh zeigen. Heute abend las er die amtliche Liste und stieß auf die Beschreibung. Er ist dann sofort hierhergekommen, da er ganz in der Nähe wohnt.«

»Gut. Erwarten Sie mich, ich komme jetzt gleich vorbei.«

»Was gibt es?« fragte Diana. »Sind die Manschettenknöpfe gefunden worden?«

»Man hat ein Paar Manschettenknöpfe entdeckt, die mit der Beschreibung übereinstimmen. Aber ich weiß nicht – es ist ein Paar, während es doch ein halber Knopf sein müßte oder anderthalb ... Kommen Sie, Miss Ward, ich werde Sie bei dieser Gelegenheit zu Hause absetzen.« Larry nahm den Hörer und meldete der Telefonzentrale: »Wenn Sergeant Harvey anruft, sagen Sie ihm, er möchte es noch einmal versuchen oder im Präsidium auf mich warten.«

Vor Miss Wards Haustür lungerte ein Mensch herum, der Larry grüßte.

»Lassen Sie mich etwa bewachen?« fragte Diana überrascht. »Ich glaube, das ist wirklich nicht nötig, Mr. Holt.«

»Meine persönlichen Erfahrungen haben mich überzeugt, daß es sehr nötig ist. Dem freundlichen Herrn, der mich in den Porzellanhaufen geschmissen hat, ist alles zuzutrauen. – Gibt es noch einen anderen Eingang ins Haus?« fragte er den Detektiv.

»Nein, Sir, ich habe genau nachgesehen und auch die Wohnung untersucht.«

»Wie ist das möglich?« fragte Diana verdutzt. »Seit dem Zwischenfall schließe ich die Wohnung immer ab.«

»Ich habe mir einen Nachschlüssel machen lassen«, erklärte Larry. »Hoffentlich sind Sie mir deshalb nicht böse. Und da wir gerade von Schlüsseln sprechen – das Rätsel, wie der blinde Jake in Fanny Weldons Zimmer gelangen konnte, hat sich auch aufgeklärt. Sie hatte ihm für den Fall, daß sie ihn in der Samstagnacht mit der Beute verpassen sollte, ihren Hausschlüssel gegeben. Er sollte dann einfach nach oben kommen. Das Zimmer kannte er offenbar. Sie hatte eine solche Angst vor ihm, daß sie nicht wagte, ihm den Schlüssel zu verweigern. Sie mußte das aber völlig vergessen haben, sonst hätte sie sich wohl kaum so vertrauensvoll schlafen gelegt.«

Larry wünschte Diana gute Nacht und fuhr weiter nach Oxford Lane.

Mr. Emden war ein kleiner, freundlicher Mann, der einen Kneifer trug.

»Ja, ich las die amtliche Diebstahlsliste und stieß auf Ihre Beschreibung der Knöpfe, Mr. Holt.«

»Sie haben ein Paar, sagten Sie?«

»Ja, Sir. Heute morgen sind sie bei mir versetzt worden. Ich habe sie selbst in Empfang genommen, einer meiner Angestellten mußte etwas besorgen, und so habe ich den Kunden abgefertigt. Ich gab ihm vier Pfund dafür.«

»Es ist ein recht ungewöhnliches Muster, nicht?«

»Ganz und gar«, pflichtete der Pfandleiher bei, »ich erinnere mich nicht, je Manschettenknöpfe wie diese gesehen zu haben. Vermutlich ist es französische Arbeit. Einer war etwas beschädigt, drei Diamanten fehlten. Sonst hätte ich auch viel mehr als vier Pfund dafür gegeben.«

»Kennen Sie den Mann, der die Knöpfe versetzt hat?« erkundigte sich Larry.

»Nein Sir. Es war ein sehr eleganter Herr, der mir erzählte, er hätte sich an den Dingern sattgesehen. Aber meiner Meinung nach . . .«

»Nun?« fragte Larry.

»Ja – so ganz traute ich seiner Eleganz nicht. Im Westend treiben sich viele von der Art herum. Ich glaube, daß er die Knöpfe nicht versetzte, weil er das Geld brauchte oder sie satt hatte, sondern weil er sie los sein wollte.«

»Elegant angezogen, sagen Sie?« Larry überlegte. »Trug er irgendwelchen Schmuck? Brillanten?«

»Ja«, bestätigte der Pfandleiher. »Darum nahm ich auch an, daß es ihm nicht ums Geld ging. Vier Pfund sind ja nicht viel, und er verlor kein Wort darüber.«

»Was für einen Namen hat er angegeben?«

»Mr. Frederick und, wie ich annehme, eine x-beliebige Adresse.«

»Flimmer-Fred!« rief Larry. »Liegt die Jermyn Street in Ihrem Bezirk?« fragte er den Inspektor.

»Ja, Sir.«

»Nehmen Sie ein paar Leute mit, heben Sie Flimmer-Fred aus! Bringen Sie ihn hierher, falls nötig, nehme ich ihn dann nach Cannon Row mit.«

»Soll er verhaftet werden?«

»Nein, erst einmal vernommen. Vielleicht kann er eine Erklärung geben. Allerdings muß er es sehr geschickt anstellen, wenn er sich hier herausreden will. – Mr. Emden«, wandte er sich an den Pfandleiher, »ich kann leider nicht bis morgen früh warten und muß Sie bitten, mich in Ihr Geschäft zu begleiten, damit Sie mir die Knöpfe aushändigen können.«

»Mit Vergnügen. Ich habe so etwas gedacht und gleich die Schlüssel mitgebracht. Mein Laden ist nur fünf Minuten von hier entfernt.«

Ein Beamter in Zivil begleitete sie. Als Mr. Emden den Schlüssel ins Schloß steckte und umdrehen wollte, gab die Tür nach.

»Nanu, die Tür ist ja offen!« rief er erschrocken und eilte in den Vorraum hinein. Es war überflüssig, einen weiteren Schlüssel zu suchen, denn die Tür zum eigentlichen Ladenraum stand halb offen. Beim Schein seiner Taschenlampe konstatierte Larry Spuren eines Brecheisens. Mr. Emden schaltete alle Lichter ein.

Auf dem Ladentisch lag, aufgeschlagen bei den Eintragungen vom letzten Tag, das Kassabuch.

»Wo haben Sie die Knöpfe aufbewahrt?«

»Im Geldschrank in meinem Privatbüro. Sehen Sie hier, die Eintragung und Nummer!« Mr. Emden zeigte auf das Buch.

»Und dahinter steht ›Geldschrank‹«, ergänzte Larry lakonisch. »Ich habe so das Gefühl, daß Sie Ihren Geldschrank nicht ganz unberührt vorfinden werden.«

Das Gefühl trog ihn nicht. Der große, ›diebessichere‹ Geldschrank befand sich in kläglicher Verfassung. Ein Loch war in den Stahlmantel gebrannt, das Schloß fehlte. Von Wertgegenständen keine Spur mehr, nicht ein einziges Päckchen befand sich noch im Schrank.

»Die Knöpfe brauchen wir nicht mehr zu suchen«, stellte Larry verbissen fest.

19

Nach der Entdeckung des Einbruchs in das Pfandleihgeschäft ging Larry auf die Polizeiwache zurück, wo ihn noch eine Neuigkeit erwartete. Flimmer-Fred war verschwunden.

»Ich wünschte, Sie würden mitkommen und sich seine Wohnung ansehen, Sir«, sagte der Beamte, der Fred hätte vorführen sollen. »Da muß allerhand vorgefallen sein.«

Flimmer-Fred wohnte im Modley House, Jermyn Street. Der Portier des großen Mietshauses erzählte eine sonderbare Geschichte.

»Mr. Grogan kam gegen elf Uhr heute nacht nach Hause und fuhr direkt nach oben. Ich brachte ihm noch einen Siphon Sodawasser, den er bestellt hatte, und wünschte ihm gute Nacht. Anschließend machte ich gleich noch meine Runde, um nachzusehen, ob die Nebeneingänge verschlossen und die Lampen ausgeschaltet waren, und ging dann in meine Loge zurück, wo ich eine Kleinigkeit aß und in die Abendzeitung blickte.«

Die ›Loge‹ war ein unter der Treppe befindlicher und als Büro eingerichteter Raum, wo die Mieter ihre Schlüssel abgaben.

»So gegen halb zwölf«, berichtete der Portier weiter, »glaubte ich so etwas wie einen Schuß und laute Männerstimmen zu hören. Ich ging in die Halle, lauschte und stieg in die zweite Etage hinauf, von wo der Lärm kam. Nur in Mr. Grogans Wohnung brannte Licht, das konnte ich am Oberfenster über der Tür sehen. Ich klopfte an, nach einer Weile öffnete Mr. Grogan, und ich sage Ihnen, er jagte mir einen riesigen Schreck ein, so wild sah er aus. In der Hand hatte er ein großes Messer, der Anzug war blutbeschmiert. ›Ach, Sie sind's‹, sagte er, ›kommen Sie herein!‹ Ich trat hinter ihm ins Wohnzimmer – Sie machen sich keinen Begriff, wie es da aussah. Die Stühle umgestürzt am Boden, der Tisch umgeworfen, zerbrochene Gläser und Flaschen durch das ganze Zimmer verstreut. Das Fenster stand offen. Vor Mr. Grogans Fenster läuft die Feuerleiter vorbei. ›Was ist passiert, Sir?‹ fragte ich. ›Nichts Besonderes‹, sagte er, ›nur ein Einbrecher! Das ist alles! Holen Sie mir erst mal einen Whisky!‹ Er zitterte am ganzen Körper und war furchtbar aufgeregt. Immerzu sprach er mit sich selbst, aber ich konnte nicht verstehen, was er sagte. Als ich mit dem Whisky kam, hatte er das Messer sauber gemacht und war etwas ruhiger geworden. Er stand am offenen Fenster und blickte die Feuerleiter entlang in den Hof hinunter. Nun bemerkte ich auch, daß das Glas eines Wandbildes durch eine Kugel zerschmettert worden war. Ich sah sofort, daß es ein Schuß gewesen sein mußte, denn ich war einige Jahre bei der Londoner Polizei und kenne mich in solchen Dingen aus. Ich sagte ihm, daß das ernsthafte Unannehmlichkeiten geben könne, aber er meinte, ich solle mir darüber nicht den Kopf zerbrechen, gab mir fünfzig Pfund für Miete und Unkosten und bat, die Wohnung in Ordnung zu halten, bis er zurückkehre – er werde ins Ausland verreisen.«

»Und dann?« fragte Larry.

»Dann kam er mit einem Handkoffer herunter, Sir, stieg in ein Taxi und fuhr weg. Das war das letzte, was ich von ihm gesehen habe.«

Larry untersuchte das Zimmer und fand die Angaben des Portiers bestätigt. Der Raum wurde durch eine Hängelampe mit drei Birnen erleuchtet. Der Schirm mit den drei Fassungen hing in der Mitte des Zimmers von der Decke herab. Eine der Birnen war zersplittert. Larry machte den Portier darauf aufmerksam.

»Ja, Sir. Die Lampe hat drei Stufen, sogenannte Hotelschaltung. Man kann nach Wunsch eine, zwei oder alle drei Birnen einschalten. Gewöhnlich hat Mr. Grogan nur eine brennen lassen.«

Larry konnte sich die Szene nur zu gut vorstellen: Der Eindringling, der durchs Fenster gekommen war – Fred, der ihn mit seinem Revolver in Schach hielt, während der große Mann sich langsam der Zimmermitte näherte, bis seine erhobenen Hände mit der Hängelampe in Berührung kamen und seine riesenhafte Tatze die heiße Glühbirne zerdrückte. Dann hatte Fred gefeuert, und der Mann hatte sich auf ihn gestürzt. Aber Fred war glatt wie ein Aal. Flimmer-Fred war gerissener als Larry Holt. Er verließ sich weniger auf den Revolver als auf sein Messer. Zur größten Überraschung des blinden Jake – denn es mußte der blinde Jake gewesen sein – hatte Grogan den Ansturm und die erstickende Umklammerung dieses Tiermenschen mit blankem Stahl pariert. Jake mußte ihn losgelassen haben und durch das offene Fenster entflohen sein.

In diesem Augenblick fühlte Larry so etwas wie Sympathie für den Hochstapler. Also auch Fred war, sei es durch Zufall oder absichtlich, auf den Mörder Stuarts gestoßen! Was für eine Spur konnte das sein? Er mußte Flimmer-Fred finden, sofort finden, denn in seinen Händen lag vielleicht die Lösung des Rätsels.

Er fuhr nach Hause, rief Scotland Yard an, wo er erfuhr, daß Harveys Nachforschungen ergebnislos geblieben waren, nahm ein heißes Bad und legte sich zu Bett. Er schlief genau vier Stunden. Sunny brachte ihm Tee und einige Schnitten Toast mit Butter.

»Wie spät ist es?« fragte ihn Larry.

»Neun Uhr, Sir. Der Briefträger ist schon dagewesen, und die Morgenzeitungen sind gekommen.«

»Geben Sie mir meine Briefe!« Larry sprang aus dem Bett. Während er den Tee trank, durchflog er die Post. Ein Brief war ohne Marke und Poststempel, mußte also von privater Hand in den Kasten gesteckt worden sein. Er riß den Umschlag auf. Das Schreiben begann ohne Anrede:

›Es ist besser, wenn Sie sich mit einem anderen Fall beschäftigen, Mr. Holt! Sie ziehen sich ernsthafte Unannehmlichkeiten zu, wenn Sie diese Warnung nicht beherzigen.‹

»Sunny, bringen Sie mir meine Jacke!«

Larry suchte in der inneren Brusttasche den Brief, den Flimmer-Fred erhalten hatte, und legte ihn neben den Drohbrief. Beide Schreiben wiesen die gleiche Handschrift auf.

20

Diana Ward unterbrach ihre Arbeit, ließ ihre Finger auf den Tasten der Schreibmaschine liegen und sah zu Larry Holt hinüber, der sich in seinem Stuhl zurückgelehnt hatte und im Begriff war, den Fall Stuart zu resümieren.

»Wir sehen am besten, wo wir stehen, wenn wir uns die Ereignisse in ihrer Reihenfolge nochmals ins Gedächtnis zurückrufen.« Er unterstrich die einzelnen Punkte, indem er sie an den Fingern mitzählte. »Wir haben da zuerst einen reichen Kanadier, der in der Absicht nach London kommt, Frau und Kind zu suchen, die er vor Jahrzehnten verlassen hatte, jedoch nur noch ihr Grab findet. Nach einem Besuch im Macready-Theater wird er ermordet. Der Autor des Stückes ist John Dearborn, der, wie allgemein bekannt ist, den größten Blödsinn schreibt, den je eine Bühne aufgeführt hat. Darum braucht er aber noch lange kein Mörder zu sein. Außerdem ist er ein angesehener Geistlicher, der sich der Aufgabe verschrieben hat, Blinde zu betreuen. Der ermordete Stuart hinterläßt ein Testament, geschrieben auf die Innenseite seines Oberhemdes, worin er sein gesamtes Vermögen einer Tochter vermacht, über deren Existenz wir bisher keinerlei Anhaltspunkte haben. Verschiedene Beweisstücke werden gefunden – ein Stück Papier mit einigen Worten in Brailleschrift und in der Hand des Toten die Hälfte eines Manschettenknopfes. Die Brailleschrift wird aus dem Präsidium gestohlen. Ein Paar gleiche Manschettenknöpfe kommen in den Besitz Flimmer-Freds, der sie aus Sicherheitsgründen versetzt. Diese Knöpfe scheinen aber für eine oder mehrere unbekannte Personen derartig wichtig zu sein, daß ein Einbruch in das Pfandhaus verübt wird, offensichtlich nur zu dem Zweck, die Knöpfe wieder in die Hände zu bekommen. Mehr noch – ein Helfershelfer versucht, zuerst Sie, Miss Ward, zu entführen und dann Fanny Weldon, die in unser Büro eingedrungen war, zu ermorden. Schließlich sollte auch noch Flimmer-Fred aus dem Wege geräumt werden . . .«

Es schauderte Diana bei dieser Aufzählung.

»Hat man überhaupt keine Spur von ihm – ich meine von diesem blinden Jake? Die Nacht auf der Treppe werde ich nie vergessen.«

»Absolut nichts. Er ist in seiner Höhle verschwunden.«

»Halten Sie das Heim unter Beobachtung?«

»Das Heim?« wiederholte Larry überrascht. »Nein, ich denke nicht, daß es notwendig ist. Der Vorsteher ist etwas überspannt, aber ich habe mit dem Polizeiinspektor des Viertels gesprochen, er meinte, alle Insassen seien als ehrlich bekannt, und er könne für sie garantieren, mit Ausnahme des Mannes Lew. Wissen Sie, Lew ist der Blinde, den ich im oberen Stock im Einzelzimmer gesehen und von dem ich Ihnen erzählt habe.«

»Darf ich Sie um eine Gefälligkeit bitten?« fragte Diana. »Dürfte ich das Heim aufsuchen? Würden Sie mich morgen dorthin begleiten?«

»Ja-a«, antwortete er zögernd, »aber ...«

»Wollen Sie es tun?«

»Sicher, wenn es sein muß, aber ich glaube nicht, daß Sie dort irgend etwas finden, das uns weiterbringen könnte.«

»Wer weiß?«

»Im weiteren«, fuhr Larry in seinem Resümee fort, »sind unsere Nachforschungen nach der Geburtsurkunde, die Ihre Annahme hätte bestätigen sollen, daß Mrs. Stuart Zwillingstöchter gehabt habe, erfolglos geblieben. Obwohl die Register in Somerset House mit größter Sorgfalt geprüft wurden, fand sich keine Eintragung über die Geburt der Kinder.«

»Trotzdem finde ich es merkwürdig«, wandte Diana ein, »daß eine Dame wie Mrs. Stuart es versäumt haben sollte, die Geburt ihrer Kinder anzumelden.«

»Was meinen Sie damit?«

»Ach, ich mußte nur an meine Tante denken – Mrs. Ward, deren Namen ich führe, haßte nämlich die Behörden und hielt nicht viel von Anmelden, Impfen und ähnlichem.«

»Was ist aus Ihrer Tante geworden? Ist sie gestorben?«

»Nein – sie ist nicht tot.« Sie sagte das etwas sonderbar, stockte und wurde rot. »Ich weiß, man sollte nicht über etwas zu sprechen anfangen, wenn man nicht zu Ende reden will. Ich sagte Ihnen schon, daß ich aus wenig erbaulichen Verhältnissen komme. Meine Tante hat ihren Chef bestohlen; sie muß es ausgiebig getan haben, denn eines Tages, ich war gerade zwölf Jahre alt, ging sie für lange Zeit fort, und ich habe sie nie wieder gesehen.«

Larry ging auf sie zu und legte ihr die Hand auf die Schulter.

»Sie haben es geschafft, sich von all dem freizumachen und mit dem Leben fertigzuwerden. Sie können stolz sein auf sich.«

Als sie zu ihm aufblickte, hatte sie Tränen in den Augen.

»Ich glaube, sie trank. Wenn ich sie sehr nötig hatte, war sie wirklich gut zu mir. Ich würde gern wissen, was aus ihr geworden ist, aber ich wage gar nicht, mich zu erkundigen.«

»Ist sie ins Gefängnis gekommen?«

»Ich glaube, in eine Trinkerheilanstalt. – Aber ich unterbreche Sie andauernd . . .«

Diana Ward ließ sich an diesem Abend von Larry zum Dinner einladen. Es wurde eine angeregte, vergnügte Mahlzeit. Sie schwatzten viel und zusammenhanglos von allem möglichen.

»Nachzutragen wäre schließlich noch«, kam Larry auf sein Resümee vom Nachmittag zurück, »daß Stuart bei der Greenwich-Versicherungsgesellschaft außerordentlich hoch versichert war. Leiter der Gesellschaft ist Doktor Judd, der übrigens kein Hehl daraus macht, daß diese Versicherung abgeschlossen wurde.«

»Haben Sie Doktor Judd gesehen?« fragte sie interessiert.

»Ich habe mit ihm telefoniert. Morgen will ich ihn aufsuchen. Vielleicht begleiten Sie mich – wir können den Besuch in Todds Heim ja bis zum Nachmittag aufschieben.«

21

Dr. Judd hatte den Inspektor allein erwartet und war überrascht, als er in Damenbegleitung das Direktionsbüro betrat.

»Doktor Judd – Miss Ward, meine Sekretärin«, stellte Larry Holt vor. »Miss Ward hat ein ausgezeichnetes Gedächtnis, und vielleicht sind auch ein paar stenografische Notizen nötig.«

»Sehr angenehm«, sagte Dr. Judd, schien sich aber doch nicht ganz behaglich zu fühlen. »Es freut mich, daß Sie gekommen sind. Ja, und worüber ich bei dieser Gelegenheit gern noch mit Ihnen gesprochen hätte – der Mann, den Sie letztesmal bei mir vorfanden . . . Ich muß befürchten, daß Sie einen ganz falschen Eindruck gewonnen haben, und kann es Ihnen nicht einmal verdenken. Haben Sie den Burschen kürzlich wiedergesehen?«

»Nein, seither habe ich ihn nicht mehr zu sehen bekommen und auch nichts von ihm gehört«, log Larry zu Dianas Überraschung.

»Nun gut«, meinte der Doktor, »wir können uns darüber auch ein andermal unterhalten. Stört es Sie, wenn ich rauche, Miss Ward? Ich bin nämlich leidenschaftlicher Zigarettenraucher. Seit mehr als fünfundzwanzig Jahren rauche ich täglich durchschnittlich fünfzig Zigaretten.« Er lachte herzhaft und ansteckend, zündete eine Zigarette an und nahm eine Mappe aus seinem Schreibtisch. »Hier sind die Policen. Sie werden bemerken, daß die Summen an eine Person zu zahlen sind, die später genannt wird. Ich erhielt die diesbezügliche Anweisung an dem Tag, an dem Stuart starb, und ich werde sie Ihnen sofort zeigen. Kürzlich wurden wir aufgefordert, die Versicherungssumme auszuzahlen. Gleichzeitig wurde uns auch der Totenschein Stuarts vorgelegt, respektive eine beglaubigte Kopie davon.«

»Die man für fünf Shilling erhalten kann«, unterbrach Larry.

»Ja, natürlich, und das genügt ja auch vollständig. Jedenfalls hatten wir keinen Grund, die Zahlung zu verweigern – sie wurde geleistet.«

»Wie ist ausbezahlt worden? Bar oder Scheck?«

»Auf Wunsch der betreffenden Dame in bar.«

»Der Dame?« fragten Larry und Diana gleichzeitig.

»Sie haben eine sehr interessierte Sekretärin«, kicherte Dr. Judd und rieb sich vergnügt die Hände.

»Aber wer war die Dame?« fragte Larry.

Der Doktor nahm zwei schmale Bogen aus seiner Mappe und legte den einen vor den Inspektor.

»Hier die Empfangsbestätigung – wie Sie sehen, lautet sie auf einhunderttausend Pfund.«

Larry überflog die Quittung. Die Unterschrift lautete: Clarissa Stuart.

Er traute seinen Augen nicht und hielt die Quittung Diana hin, die aber schon über seine Schulter weg mitgelesen hatte.

»Clarissa Stuart?« fragte er ungläubig. »Kennen Sie die Dame?«

»Ich habe nie vorher von ihr gehört«, erwiderte der Doktor eifrig. »Doch sie war bevollmächtigt, die Versicherungssumme in Empfang zu nehmen.«

»Wie sieht sie aus?«

Dr. Judd steckte sich an der zu Ende gehenden Zigarette eine neue an, bevor er antwortete:

»Jung, hübsch, elegant angezogen.«

»Machte sie einen niedergeschlagenen Eindruck?«

»Durchaus nicht, sie war im Gegenteil sehr vergnügt.«

Diana Ward und Larry Holt warfen sich einen Blick zu.

»Hat die junge Dame eine Adresse hinterlassen?«

»Nein. Das war auch nicht nötig. Ich gab ihr einen Barscheck, aber sie sagte, sie wollte keinen Scheck haben. Ich schickte daher jemand zur Bank und ließ das Geld holen.«

»Es war also alles Bargeld?«

»Die ganze Summe ist in bar ausgehändigt worden.«

»Und Sie haben sie nie vorher gesehen?« fragte Larry noch einmal.

»Nein. Aber sie war Stuarts Tochter, jedenfalls hatte ich keine Veranlassung, daran zu zweifeln.«

Sie waren schon wieder auf der Straße bei ihrem Wagen, als Larry hervorstieß:

»Es ist unglaublich!« Dem Chauffeur befahl er: »Nottingham Place 304.«

»Wohin fahren wir jetzt?« fragte Diana.

»Zu Stuarts Pension. Vielleicht hat Harvey, als er dort recherchierte, doch etwas übersehen. Wenn Stuart erst am Tag seines Todes auf seine zweite Tochter gestoßen ist, muß er doch irgendeinen Besuch gehabt haben.«

»Glauben Sie, daß das Mädchen, ich meine Clarissa, bei ihm war?«

»Das ist möglich. Wir müssen versuchen, es herauszufinden.«

Nottingham Place 304 war ein großes, vornehm aussehendes Gebäude. Larry und seine Begleiterin wurden in einen eleganten Salon geführt. Wenige Augenblicke später erschien eine kleine, alte Dame mit weißem Haar.

»Mrs. Portland, nicht wahr? Mein Name ist Holt. Inspektor Holt von Scotland Yard.«

Ihr Gesicht drückte peinliche Bestürzung aus.

»Du meine Güte, schon wieder! Ich hatte gehofft, die Polizei wäre nun endlich fertig bei mir. Mein Haus kommt durch solche Besuche in schlechten Ruf, und ich habe schon Unannehmlichkeiten genug gehabt. Der arme Herr hat Selbstmord begangen, nicht wahr? Warum er das nur getan hat? Ich kann es nicht begreifen. In der ganzen Zeit, seit er hier wohnte, habe ich ihn nie so vergnügt gesehen wie an dem Abend, als er ins Theater ging. Sonst war er immer so finster und niedergeschlagen, daß es mich bedrückte, wenn ich ihn sah.«

»Er war vergnügt, ungewöhnlich vergnügt, bevor er ins Theater ging? Hat er am Nachmittag irgendeinen Besuch gehabt?«

»Nein, Sir, es ist niemand bei ihm gewesen. Ich habe dem Detektiv, den Sie hierherschickten, schon erzählt, daß Mr. Stuart nie Besuch hatte. Er war an dem Nachmittag wie immer ausgegangen und kam etwas früher als gewöhnlich zurück. Ich hatte eine Reinmachefrau hier, und sie arbeitete gerade in seinem Zimmer. Ich merkte das aber überhaupt erst, als ich an seinem Zimmer vorbeikam und ihn mit jemand sprechen hörte. Das war so ungewöhnlich, daß ich sogar mein Zimmermädchen darauf aufmerksam machte.«

»Wer war nun aber wirklich bei ihm?« fragte Larry.

»Eben, die Reinmachefrau – eine Frau, die ich ab und zu für Extraarbeit nahm. Und aufgefallen ist es mir so besonders, weil er sonst überhaupt mit niemandem sprach.«

»Wie lange war die Frau in seinem Zimmer?«

»Fast eine Stunde.«

»Eine Stunde? Was hatte er eine ganze Stunde lang mit einer Aufwartefrau zu verhandeln?«

»Ich habe keine Ahnung, aber die Sache hat mich noch einige Zeit beschäftigt, weil die Frau weggegangen ist, ohne sich ihren Lohn auszahlen zu lassen. Sie muß direkt von Mr. Stuart aus fortgegangen sein – und sie hat sich nie wieder sehen lassen.«

»Das scheint mir sehr wichtig zu sein«, murmelte Larry. »Haben Sie mit Sergeant Harvey darüber gesprochen?«

»Nein, Sir. Er fragte mich, ob Mr. Stuart Besuch gehabt habe, und darauf antwortete ich ihm wahrheitsgemäß, daß niemand dagewesen war.«

»Wie hieß die Aufwartefrau?«

»Das weiß ich auch nicht. Wir haben sie immer Emma genannt. Es wundert mich eigentlich, daß sie nicht zurückgekommen ist, denn sie hat ihren Trauring hier liegenlassen. Sie zog ihn immer ab, bevor sie zu arbeiten anfing. Ein eigenartiger Ring, halb Gold, halb Platin, ungewöhnlich bei einer Frau ... Mein Gott, halten Sie die junge Dame, Sir!« rief die Wirtin plötzlich.

Larry fuhr herum und fing die ohnmächtig werdende Miss Ward auf. Er legte sie aufs Sofa, doch schon nach kurzer Zeit kam Diana wieder zu sich und wollte sich aufrichten. Larry hielt sie zurück.

»Sie müssen noch einen Augenblick liegenbleiben. Was hatten Sie?«

»Ich bin ein schrecklicher Idiot! Ich glaube, die Luft im Zimmer ist etwas drückend.«

Das Zimmer war wirklich überheizt und schlecht gelüftet. Die Wirtin entschuldigte sich und öffnete das Fenster.

»Ich sage den Mädchen immer, daß sie das Zimmer lüften sollen, und nie tun sie's. Es ist wirklich wie in einem Ofen, entschuldigen Sie!«

Diana erhob sich langsam. Die Tasse Tee, die ihr die Wirtin brachte, war ihr äußerst willkommen.

»Es ist besser, Sie fahren jetzt direkt nach Hause«, schlug Larry vor.

»Ich denke gar nicht daran, nach Hause zu gehen«, widersprach sie heftig. »Ich fahre mit Ihnen zu Todds Heim, Sie haben es mir versprochen. Sobald ich an die frische Luft komme, bin ich wieder völlig munter – ja, fahren wir doch durch den Regents Park, er ist ganz in der Nähe.«

Langsam bekamen ihre Wangen wieder Farbe.

»Ich bin nicht so sicher«, meinte Larry, »ob Todds Heim jetzt das Richtige ist. Es riecht dort nicht sehr gut, und was man zu sehen bekommt, ist auch nicht gerade angenehm.«

»Das macht nichts, bitte, lassen Sie uns heute nachmittag hingehen!«

Sie fuhren nach Piccadilly zurück und aßen etwas. Larry fiel ein, daß er in der Aufregung vergessen hatte, sich den Trauring der Aufwartefrau zeigen zu lassen und noch einige weitere wichtige Fragen zu stellen. Vom Restaurant aus telefonierte er mit Harvey und trug ihm das Versäumte auf, worauf der Sergeant

Mrs. Portland durch seinen Besuch in erneute Verzweiflung stürzte.

Am Nachmittag erschien Harvey im Büro 47 und meldete:

»Ich habe Emmas Spur gefunden. Sie wohnt oder vielmehr wohnte in Camden Town bei einem pensionierten Soldaten und seiner Frau.«

»Haben Sie sie gesehen?«

»Nein, Sir, sie ist seit der Nacht von Stuarts Ermordung nicht mehr nach Hause gekommen.«

»Hat sie ihre Sachen mitgenommen?«

»Nein, nichts, und das ist das Merkwürdige – sie hat mit keinem Wort erwähnt, daß sie fortgehen wollte.«

»Setzen Sie sie sofort auf die Liste, benachrichtigen Sie sämtliche Polizeistationen! Nichts Neues vom blinden Jake?«

»Nein, nichts.«

»Auch nicht von Fred?«

»Nein, Sir.«

»Die Wachsamkeit der städtischen Polizei ist ja schon strapaziert genug, aber trotzdem müssen wir ihr auch noch den Namen Clarissa Stuart empfehlen. Jung, hübsch, elegant angezogen, wohnt wahrscheinlich in einem erstklassigen Hotel. Lassen Sie überall nachfragen, wo eine reiche junge Frau sich aller Wahrscheinlichkeit nach aufhalten könnte.«

Harvey grüßte und ging hinaus. Larry stand an seinem Schreibtisch und blickte eine Zeitlang mißmutig darauf.

»Ich begreife nicht, warum man mir eigentlich einen Schreibtisch in mein Büro gestellt hat. Ich sitze ja nie daran.« Trotzdem ließ er sich in den Sessel fallen. »Nun können wir zu allen übrigen Rätseln ein neues hinzufügen, Miss Ward. Emma ist genauso plötzlich verschwunden wie Flimmer-Fred, und der Mann, der das bewerkstelligt hat, ist höchstwahrscheinlich der gleiche, der beinahe Fanny Weldon ermordet hätte.«

»Der blinde Jake?« fragte Diana.

»Eine schreckliche Figur in diesem Drama. Wenn ich an ihn denke, läuft es mir kalt über den Rücken. Er muß übrigens verwundet sein. Flimmer-Fred konnte schon früher sehr gut mit Messern umgehen.«

»Glauben Sie, sie haben ihn gefangen?«

»Fred? Nein, der hält sich still. Er ist verschwunden, weil er fürchtet, daß sie ihn doch noch fassen.«

»Dann gehört er also nicht zu der Bande.«

Larry lachte.

»Ausgeschlossen. Fred ist ein Wolf, der nicht mit dem Rudel läuft. Er jagt allein. Darauf ist er vor allem stolz, daß er nie irgendeiner Bande angehört hat.«

Larry arbeitete über eine Stunde. Er schien Dianas Anwesenheit völlig vergessen zu haben und ihre Blicke nicht zu bemerken, die ihn an den geplanten Besuch in Todds Heim erinnern sollten. Bogen um Bogen schrieb er voll. Er hatte die Gewohnheit, seine Fälle ausführlich zu Papier zu bringen. In diesen Berichten wimmelte es von Randbemerkungen und Korrekturen zwischen den Zeilen.

Endlich war er mit seiner Arbeit fertig und verstaute die vollbeschriebenen Bogen in einer Schublade. Er stand auf, streckte sich, ging ans Fenster und sah hinaus. Es war spät am Nachmittag. Vor ihm lag die Themse. Blaue Brücken spannten sich über den bleifarbenen Strom. Im rosa Dunst der untergehenden Sonne tauchten schlanke Türme auf.

»Wenn Sie wirklich noch in Todds Heim wollen ...« Er kratzte sich höchst unromantisch die Nase.

22

Ein Wagen brachte sie bis Lissom Grove. Sie bogen in die Sackgasse Lissom Lane ein. Zwei Beamte in Zivil erwarteten sie. Gemeinsam gingen sie weiter bis zum Heim.

»Was ist das nebenan für ein Haus?« fragte Larry und deutete auf ein schmutziges Haus mit geschlossenen Fensterläden.

»Das war früher eine Wäscherei«, sagte der eine Polizist. »Hinter dem Haus ist ein Hof und ein Schuppen.«

»Wäscherei?« wiederholte Diana. »Erinnern Sie sich, an dem Abend, als man mich entführen wollte, stand ein Wäschereiauto vor meiner Tür.«

»Die Wäscherei liegt aber schon seit zwölf Monaten still«, berichtete der Beamte weiter. »Sie machte bankrott. Jemand hat sie aufgekauft, scheint jedoch nichts damit anzufangen.«

»Das Tor da, nehme ich an, führt auf den Hof?«

»Ja, Sir. Aber einen Lieferwagen habe ich noch nicht herauskommen sehen, ich weiß nicht einmal, ob überhaupt einer da ist.«

Larry ging die Stufen zum Heim hinauf und klopfte. Der gleiche kleine, alte Mann wie letztesmal öffnete.

»Vier Personen!« kreischte er. »Und lauter Fremde! Was wollen Sie?«

»Ich möchte Mr. Dearborn sprechen.«

»Ach ja, Sir, Sie sind der Herr, der Sonntag früh um sechs Uhr hier war!« Der kleine Mann trippelte voraus durch den langen Gang. »Kommen Sie nur alle mit! – Vier Mann zu Besuch, Sir . . .«

Reverend John Dearborn kam ihnen aus seinem Büro entgegen und bat sie einzutreten.

»Mr. Holt? Ich glaubte doch, Ihre Stimme zu erkennen.« Das Diktaphon war eingestellt. Auf dem Tisch lag ein dickes Manuskript in Maschinenschrift. »Jeden Abend kommt ein Herr, der mir daraus vorliest«, bemerkte Dearborn und strich liebevoll darüber. »Und was ist der Anlaß Ihres heutigen Abendbesuchs? Haben Sie Ihren blinden Jake gefunden?«

»Getroffen habe ich ihn, aber leider nicht gefunden«, erwiderte Larry. »Ich möchte gern noch einmal das Haus sehen, ich habe eine Dame bei mir.«

John Dearborn erhob sich. Miss Ward streckte die Hand aus, und er ergriff sie.

»Es wird mir ein Vergnügen sein, Sie herumzuführen. – Sie haben noch mehr Begleiter bei sich?«

Larry stellte sie vor, und Dearborn führte die kleine Gesellschaft die Treppe hinauf.

»Wir wollen diesmal gleich oben beginnen«, sagte er, auf den letzten Besuch anspielend.

»Wie geht's dem alten Mann im Einzelzimmer?« fragte Larry.

»Er ist sehr schwach. Ich bringe es nicht über mich, ihn in ein Hospital zu schicken. Früher oder später, fürchte ich, muß ich es aber doch tun.«

Larry wartete auf dem Treppenabsatz und fragte Diana leise:

»Wollen Sie den alten Mann sehen? Er ist nicht gerade ...«

»Ja, ich möchte ihn gern einen Augenblick sehen. Vergessen Sie nicht, daß ich Blindenpflegerin gewesen bin.«

Dearborn führte sie in den kleinen Raum. Lew lag mit gefalteten Händen still auf seinem Bett. Er redete nicht mehr wirr vor sich hin und wälzte sich nicht unruhig wie letztes Mal.

»Wie geht es Ihnen heute?« fragte ihn Larry.

Der Mann gab keine Antwort. Diana legte ihm die Hand auf die Schulter – jetzt fuhr er herum.

»Geht es Ihnen besser?« fragte sie.

»Wer ist da? Bist du's, Jim? Bringst du mein Essen?«

»Geht es Ihnen besser?« fragte Diana noch einmal.

»Bring mir auch 'nen Topf Tee«, sagte Lew und legte sich wieder auf den Rücken. Der gleiche Ausdruck von Ergebenheit, den sie schon beim Eintreten bemerkt hatten, trat auf sein Gesicht.

Diana beugte sich zu ihm nieder und betrachtete ihn genauer. Er spürte ihre Gegenwart, streckte eine Hand aus und berührte ihr Gesicht.

»Das ist ja eine Dame«, stellte er fest.

John Dearborn trat dazwischen und nahm die Hand des Alten zwischen seine beiden Hände.

»Geht es Ihnen besser, Lew?« fragte er, und Lew zwinkerte.

»Ist schon richtig, Sir. Es geht mir gut. Danke schön.«

Diana verließ den Raum. Sie blickte Larry besorgt an, als er zu ihr trat.

»Was gibt es?« fragte er sie leise.

»Es ist bestialisch grausam!« flüsterte sie gequält.

»Ich verstehe nicht, was meinen Sie, Diana?«

»Haben Sie es nicht bemerkt? Haben Sie die kleinen schwarzen Punkte an seinen Ohren nicht gesehen? Es sind Pulverflekken. Der Mann ist taub gemacht worden.«

»Taub?« wiederholte er, ohne noch die ganze Bedeutung dieser Entdeckung fassen zu können.

Hastig, im Flüsterton sprach Diana weiter:

»Sie haben mir erzählt, was der Mann am Sonntag redete, als Sie bei ihm waren. Und jetzt verstehe ich, was vorgegangen ist. Ein Schuß ist ganz dicht bei seinen Ohren abgefeuert worden. Nun ist er taub. Sie müssen es sich klarmachen – blind und taub ... Es ist Lew, der die Brailleschrift geschrieben hat, die in Stuarts Tasche gefunden wurde. Jemand, der aus persönlichen Gründen sein Leben schonen will, hat es dem Bedauernswerten unmöglich gemacht, Zeugnis abzulegen.«

War dies alles Vermutung? Reine Schlußfolgerung? Oder Wissen? – Diese drei Fragen schossen Larry durch den Kopf, aber bevor er antworten konnte, kam John Dearborn aus Lews Zimmer und tastete sich die Treppe hinab.

Auf dem nächsten Treppenabsatz öffnete er die Tür zum Schlafsaal, den Larry schon einmal gesehen hatte. Die beiden Detektive folgten nach und postierten sich weisungsgemäß vor der Tür, der eine ein paar Stufen weiter unten, der andere auf dem oberen Treppenstück, das zu den kleinen Zimmern hinaufführte.

»Ist es noch hell?« fragte Dearborn, als er in den Schlafraum voranging.

»Noch ziemlich hell«, antwortete Larry.

»Man hat mir gesagt, daß die Aussicht von dem Fenster dort sehr hübsch sei.« Der Vorsteher zeigte genau auf ein bestimmtes Fenster.

Der Ausblick war alles andere als imposant – sechs Hausdächer und unzählige Schornsteine. Doch Larry widersprach nicht, er wollte die Gefühle des Hausherrn nicht verletzen.

»Ich glaube, das Fenster ist geschlossen?« fragte der Reverend. »Würden Sie es bitte öffnen?«

Larry schob die untere Fensterhälfte geräuschvoll in die Höhe. Ein Strom frischer Luft drang in den dumpfigen Raum.

»Besten Dank«, sagte Dearborn. »Vielleicht sieht sich die junge Dame ...«

Larry drehte sich um. Diana war nirgends zu sehen. Er ging

rasch zur Tür. Der Beamte, der auf den oberen Treppenstufen saß, erhob sich.

»Wo ist Miss Ward hingegangen?«

»Sie ist gar nicht herausgekommen, Sir. Sie ist doch mit Ihnen hineingegangen.«

»Nicht herausgekommen?« Larry starrte ihn an. »Sind Sie sicher?«

»Absolut sicher. Ich habe die ganze Zeit hindurch die Tür beobachtet.«

Larry eilte in den Schlafsaal zurück. Nichts – nur einfache, eiserne Bettstellen und ein Wandschrank, nirgends ein Platz, wo man sich verstecken könnte. Ein panischer Schrecken überfiel ihn. Er riß die Schranktür auf. Ein paar alte Kleidungsstücke hingen an Haken, sonst war er leer. Er warf die Kleider heraus und schlug gegen die hintere Schrankwand, doch sie war fest und unbeweglich.

»Haben Sie die junge Dame gefunden?« fragte jetzt John Dearborn.

»Zum Teufel, nein!« Larry war schneeweiß und zitterte vor Aufregung. Er rief die beiden Beamten zu sich.

»Sie bleiben hier im Zimmer, bis Sie abgelöst werden«, befahl er dem einen, und dem andern: »Sie rufen in meinem Namen Scotland Yard an und lassen zwanzig Mann hierherkommen. An der Ecke von Lissom Grove steht ein Schutzmann auf Posten. Holen Sie ihn – er soll sich vor der Haustür aufstellen.«

»Was ist denn vorgefallen?« fragte John Dearborn ängstlich.

»Es ist besser, Sie gehen jetzt in Ihr Büro«, sagte Larry. »Ich fürchte, hier ist unter unseren Augen ein Verbrechen begangen worden.«

Aber wie konnte es geschehen sein? Nicht einen Laut hatte er vernommen. Er wußte ganz genau, daß sie mit ihm ins Zimmer gekommen war, sie ging ja vor ihm her. Und er erinnerte sich ebenso deutlich, daß sie sich nach links wandte, während er zum Fenster ging, um es zu öffnen – in diesem Augenblick mußte es passiert sein.

Das Aufschieben des Fensters war sehr geräuschvoll gewesen und mußte jeden andern Laut erstickt haben. Fest stand, daß sie das Zimmer nicht verlassen hatte. Systematisch klopfte er die Wände ab, suchte nach verborgenen Türen. Die Kokosmatte auf dem Fußboden wurde aufgerollt – nichts. Diana Ward war spurlos verschwunden.

Larry lief im Schlafsaal auf und ab, krank vor Aufregung und Sorge wie nie zuvor in seinem Leben. Vom Keller bis zum Giebel wurde das ganze Haus durchsucht – umsonst. Innerhalb einer halben Stunde wurde ein Kordon von Beamten in Zivil um das Gebäude gelegt.

»Gibt es eine Verbindung zum Nachbarhaus?« fragte Larry.

»Keine«, antwortete der Reverend ohne Zögern. »Früher hatten wir unter dem Lärm der Wäscherei sehr zu leiden. Jetzt wird dort nicht mehr gearbeitet. Die Firma machte Konkurs, und eine Lebensmittelfirma übernahm das Grundstück. Soviel ich weiß, beabsichtigen die jetzigen Besitzer, die Räume der Wäscherei als Lager für ihre Waren zu benützen.«

Larry ging mit dem ebenfalls eingetroffenen Harvey zum Tor in der Umzäunung vor dem leerstehenden Gebäude.

»Die Tür ist bestimmt seit langer Zeit nicht geöffnet worden«, äußerte Sergeant Harvey überzeugt.

Über den Zaun hinweg, der einen kleinen Vorplatz abschloß, konnten sie in einen verwahrlosten, schmutzigen Raum blikken, in dem nicht ein einziges Möbelstück zu bemerken war.

Larrys Sorge wuchs von Minute zu Minute. Sollte der blinde Jake – ? Es war unausdenkbar, zum Wahnsinnigwerden, er durfte nicht mehr über diese gräßlichen Möglichkeiten nachdenken, mußte sich zusammenreißen. Entschlossen kletterte er über den Holzzaun, ging um das Gebäude herum und durchforschte den Hof der Wäscherei. Hier fand er Reifenspuren, und zwar ziemlich frische. Sie stammten von einem Auto, möglicherweise von zweien. Er blickte sich in dem unordentlichen Hof um. Ein großes, schwarzes Tor konnte der Eingang zu einer Garage sein.

Sergeant Harvey war nachgefolgt und versuchte jetzt, mit einem Dietrich das Schloß zu öffnen. Nach einiger Mühe gelang es ihm, und die beiden Flügel, die auf Rollen liefen, ließen sich leicht und geräuschlos aufschieben.

»Ist erst kürzlich geölt und geschmiert worden!« sagte Larry.

In der Garage standen zwei Wagen, eine Limousine mit langer Motorhaube und ein kleines Lieferauto.

»Da, schauen Sie sich das an!« rief Larry und zeigte auf den Lieferwagen. Er war frisch lackiert, und unter der neuen Farbe konnte man noch Spuren einer früheren Aufschrift feststellen – das Wort ›Wäscherei‹, ungeschickt von Laienhand aufgemalt.

»Erinnern Sie sich, Harvey, Miss Ward hat an dem Abend, als man sie entführen wollte, ein Wäschereiauto vor ihrem Haus gesehen.«

Miss Ward! Wenn sie nur hier wäre ...

Die Limousine war erst kürzlich gereinigt worden. Larry schrieb sich beide Nummern auf. Es konnte natürlich sein, daß beide Wagen rechtmäßiges Eigentum des neuen Besitzers waren und wirklich nur zu geschäftlichen Zwecken benutzt wurden, und ebensogut konnte es Zufall sein, daß in jener Nacht ein Wäschereiauto durch die Charing Cross Road fuhr.

»Geben Sie die Nummern ans Präsidium weiter, und lassen Sie in der Verkehrskontrolle feststellen, auf wen sie ausgestellt sind.«

Nachdem er die Garagentore wieder zugeschoben und Harvey sie kunstgerecht verschlossen hatte, blieb Larry allein im Hof zurück. Er untersuchte nochmals die Reifenspuren. Sie waren an diesem Morgen entstanden und um so deutlicher, da es in der Nacht geregnet hatte. Er ging am Hinterhaus, dem eigentlichen Wäschereigebäude, entlang, einem neueren Backsteinbau mit Mattglasfenstern. Vor dem Eingang fand er eine Fußspur. Er bückte sich rasch und beugte das Gesicht dicht über die Spur am Boden, um sie ganz deutlich zu sehen.

›Ploff!‹ Ein Ton wie das Knallen eines Champagnerpfropfens, nur ein wenig lauter und härter, erschreckte ihn. Gleichzeitig fielen Holzsplitter auf seinen Nacken. Mit einem Satz sprang er zur Seite. Die Türfüllung war zersplittert, eine Kugel – wenn er sich nicht so unvermutet gebückt hätte ...

Blitzschnell überblickte Larry die Umgebung. Den Ton hatte er sogleich erkannt, es war keine richtige Detonation gewesen. Man hatte mit einem Gewehr oder einer Pistole, die mit einem Schalldämpfer versehen war, auf ihn geschossen. Er suchte die Hauswand von Todds Heim ab, ob er an einem der Fenster Zeichen von Pulverrauch entdecken könnte, der sich aber bereits verflüchtigt haben mußte, falls der Schuß überhaupt von dort gekommen war. Dagegen erkannte er jetzt das Fenster des Schlafsaals, aus dem Diana verschwunden war und von dem aus man den Hof überblicken konnte. Das Fenster stand offen. Kein weiterer Schuß fiel. Langsam zog Larry sich über den Hof zurück, ohne die Rückseite von Todds Heim und das Wäschereigebäude aus den Augen zu lassen, bereit, sich beim ersten Aufblitzen eines Schusses zu Boden zu werfen.

Larry ging sofort ins Heim zurück, wo die blinden Straßenhändler, die dort ihre Unterkunft hatten, langsam einzutreffen begannen. Sie kamen allein oder zu zweien, tappend, die eisenbeschlagenen Stöcke auf den Boden stoßend, und suchten den gemeinsamen Wohnraum auf. Ein Beamter des zuständigen Polizeireviers stellte die Personalien eines jeden fest.

Larry suchte den Schlafsaal auf, von dem aus seiner Meinung nach der Schuß auf ihn abgegeben worden war. Der Beamte, der drinnen hätte Posten stehen müssen, stand jetzt vor dem Schlafsaal. Die Tür war verschlossen.

»Was soll das bedeuten?« fragte Larry streng.

»Der Vorsteher ließ mir ausrichten, Sie wünschten mich zu sprechen«, entschuldigte sich der Detektiv, »doch als ich nach unten kam, stellte sich heraus, daß er gar nicht nach mir geschickt hatte. Als ich hierher zurückkam, war die Tür verschlossen.«

»Von innen?«

»Scheint so, Sir. Es steckt kein Schlüssel im Schlüsselloch.«

»Wer hat Ihnen die Mitteilung gebracht?«

»Der kleine Kerl, der immer die Haustür öffnet.«

»Und was für eine Erklärung hat er nachher gegeben?«

»Er hat gesagt, jemand mit einer Stimme wie der Vorsteher hätte ihm aufgetragen, mit der Bestellung für mich nach oben zu gehen.«

»Machen Sie Platz!« Larry stieß mit einem kräftigen Fußtritt die Tür auf.

Das Zimmer war leer. Larry schnüffelte.

»Hier ist ein Schuß abgefeuert worden. Offenbar, als Sie nach unten gingen. Merken Sie sich, Sie verlassen das Zimmer nicht mehr, wenn ich Sie nicht persönlich ablöse!«

»Zu Befehl, Sir.«

Es bestand nicht der geringste Zweifel, daß der Schuß aus diesem Zimmer abgegeben wurde. Der Pulvergeruch war unverkennbar. Eine Patronenhülse unter einem Bett in der Nähe des Fensters lieferte den endgültigen Beweis. Larry ging nach unten ins Büro des Vorstehers, der unruhig auf ihn wartete.

»Beabsichtigen Sie Ihre Leute noch lange hierzulassen, Mr. Holt?« fragte der Reverend. »Meine Schutzbefohlenen möchten den Schlafsaal aufsuchen, sie sind müde.«

»Meine Leute bleiben so lange hier, bis ich die absolute Gewißheit habe, daß Miss Ward sich nicht mehr hier befinden kann – und bis ich den Herrn gefunden habe, der liebenswürdigerweise vom Schlafsaal aus auf mich geschossen hat.«

»Auf Sie geschossen?« wiederholte der Vorsteher entsetzt.

»Ja, geschossen! Während Sie mit dem Detektiv sprachen, der durch eine List nach unten gelockt wurde, ist vom Zimmer aus auf mich geschossen worden.«

»Das ist ja kaum glaublich!« rief der Reverend fassungslos. »Diese Aufregung – für Sie, und auch für mich ...«

»Aufregung!« Larry lachte sarkastisch. »Sie sollten das in einem Ihrer Stücke verwenden, Mr. Dearborn!«

»Das ist ein guter Gedanke«, erwiderte der Vorsteher völlig ernst, »ich bin Ihnen wirklich dankbar dafür. Haben Sie schon einige meiner Stücke gesehen?«

»Nein, bis jetzt noch nicht, aber bei der ersten passenden Gelegenheit werde ich das Macready-Theater besuchen.«

»Manchmal befürchte ich, daß meine Stücke doch nicht so gut sind, wie einige meiner Bekannten annehmen. Es tut mir leid, daß Sie noch keines gesehen haben. Aber sie werden doch immer wieder angenommen und aufgeführt, und das bringt Geld für unser Heim.«

»Wer bestreitet eigentlich die Aufführungskosten?«

»Ein Herr, der sich für meine Arbeit mit den Blinden interessiert. Ich bin nie mit ihm zusammengetroffen.«

Ein Telefon schnarrte, der Vorsteher nahm ab.

»Ja, ich glaube, es ist besser, Sie machen das so«, sagte er und legte wieder auf. »Eine Haushaltsfrage aus der Küche«, erklärte er. »Ich habe ein Haustelefon einrichten lassen, die Laufereien durchs ganze Haus waren zu umständlich.«

Eine Abordnung vom allgemeinen Aufenthaltsraum erschien in diesem Augenblick und beklagte sich, die Insassen vom ersten Schlafsaal wollten zu Bett gehen. Viele waren gewöhnt, ihre zwölf Stunden zu schlafen, und alle, ob sie nun schlafen wollten oder nicht, bestanden auf ihrem Recht, den Schlafraum aufsuchen zu können.

»Da sehen Sie es selbst«, sagte Dearborn, »ich komme in eine sehr unangenehme Lage.«

»Sie können meinetwegen die Betten herausholen und in einen andern Raum stellen lassen. Aber solange Miss Ward nicht gefunden ist, hat sich niemand in diesem Saal aufzuhalten!«

Larry Holt stand auf, trat in den Gang hinaus und suchte den allgemeinen Wohnraum auf. Diese Menschen hatten Anrecht auf eine Erklärung, und er gab sie ihnen, indem er ihnen den Fall genau und einfach auseinandersetzte. Auch die, die sich am lautesten beschwert hatten, stimmten ihm bei.

Nach dieser Ansprache lehnte Larry einen Moment an der Wand des Korridors, um sich zu sammeln, als er eine Treppe höher Lärm und einen Schrei hörte. Mit wenigen Sätzen flog er die Treppe hinauf, aber noch bevor er den ersten Treppenabsatz erreichte, blieb er sprachlos stehen.

Langsam, Stufe für Stufe, kam Diana Ward auf ihn zu. Ihre Bluse hing in Fetzen, und in einer Hand hielt sie einen schweren Smith-Wesson-Revolver. Auf ihrem blassen Gesicht lag ein triumphierendes Lächeln.

Einen kurzen Augenblick lang starrte Larry sie an, dann sprang er ihr entgegen und riß sie in seine Arme.

»Diana! Gott sei Dank, daß Sie wieder da sind!«

23

Diana war in den hinteren Teil des Schlafsaales geschlendert, an ein Bett getreten und hatte die rauhen Laken zwischen ihren Fingern geprüft. Sie hörte noch, wie der Vorsteher Larry bat, das Fenster zu öffnen, und schaute mechanisch dorthin.

Währenddem hatte sich die Schranktür an der Wand hinter ihr geräuschlos geöffnet – ein barfüßiger Mann stieg heraus und schlich leise näher.

Das erste, was Diana spürte, war, daß etwas Feuchtes, Weiches sich über ihr Gesicht legte, und daß sie aufgehoben wurde. Der Schreck raubte ihr einen Augenblick lang die Besinnung, und in diesem gleichen Augenblick wurde sie in den Schrank hineingetragen und durch die dahinterliegende Maueröffnung gezogen. Die Rückseite des Schrankes wies nämlich, wie Larry zuerst angenommen hatte, eine Geheimtür auf, aber sie bestand aus eingefügten Steinen und war durch bloßes Beklopfen nicht festzustellen.

Als Diana zu sich kam, riß sie das nasse Fensterleder von ihrem Gesicht und schrie. Eine Hand, groß genug, um ihr ganzes Gesicht zu bedecken, legte sich auf ihren Mund. Sie wurde weiter durch die Dunkelheit gezerrt, wieder öffnete sich eine Tür, man stieß sie vorwärts, elektrisches Licht wurde eingeschaltet – zum erstenmal erblickte sie ihren Entführer, und sie wich vor ihm in die äußerste Zimmerecke zurück.

Er war außergewöhnlich groß, mindestens zwei Meter, wie sie annahm, und von entsprechender Breite. Seine Kleidung bestand nur aus Hemd und Hose, die Füße und Arme waren nackt, die behaarten, muskulösen Oberarme verrieten enorme Kraft. Das rote, runde Gesicht war eigenartig nichtssagend, und die wasserblauen Augen blieben bewegungslos, wenn er sprach. Eine graue Mähne fiel unordentlich nach hinten über seinen Kopf, ein struppiger Bart umrahmte den dicklippigen, großen Mund, die riesigen Ohren standen beinah im rechten Winkel vom Kopf ab – entsetzt starrte sie diese schreckliche Kreatur an.

»Sieh mich nur gut an, Kleine, daß du mich auch wiedererkennst! Warum schießt du denn nicht auf den ollen Jake?«

Ihre Augen durchsuchten den Raum nach irgendeiner Waffe, aber die getünchten Wände waren kahl, und nicht ein einziges Möbelstück befand sich in dem Zimmer. Das einzige Fenster war nur ein langer, schmaler Streifen in Deckennähe, an dessen beiden Enden sich Ventilatoren befanden. Sie durchsuchte ihre Handtasche, fand aber auch dort nichts.

»Du suchst wohl was, womit du mich umbringen kannst, was? Ich höre doch, was du machst!«

Zu ihrer Erleichterung machte er jedoch keine Anstalten, sich ihr zu nähern.

»Du sollst ganz hübsch sein.« Er kicherte. »Ich kann dich nicht sehen, mir macht's nichts aus, ob du hübsch bist. Und wenn du auch ein Gesicht hättest wie die da oben ...« Er zeigte mit dem Daumen zur Decke.

Sie machte sich klar, daß es besser war, sich unerschrocken zu zeigen.

»Sie kommen nicht mehr aus diesem Haus heraus, das ganze Gebäude ist umzingelt.«

»Es gibt hier mehr als zehn Ausgänge«, antwortete er verächtlich. »Darum haben – die andern es ja gekauft. Unten im Keller gibt's 'ne Höhle, da kannst du meilenlang laufen, kein Mensch hält dich auf, bloß Ratten gibt's. Aber Ratten haben eine lausige Angst vor Blinden.«

»Früher oder später wird man Sie trotzdem fassen.« In einer plötzlichen Eingebung setzte sie hinzu: »Lew ist schon festgenommen worden.«

»Lew!« brüllte er mit verzerrtem Gesicht. Eine Zeitlang blieb er still, bis er in dröhnendes Gelächter ausbrach. »Lew wird euch was erzählen können! Wie könnt ihr Lew was fragen, wenn Lew nicht weiß, wo er ist und mit wem er spricht? Sie würden ihn ja kaltgemacht haben für den gemeinen Streich, den er ihnen gespielt hat. Das Luder hat doch das Stück Papier in die Tasche von dem Kerl gesteckt, den sie um die Ecke gebracht haben.«

»Das wissen wir sehr gut«, sagte sie furchtlos, und es schien Jake zu beeindrucken.

»Das habt ihr also 'rausgefunden? Aber nicht durch Lew. Der

würde schon längst kalt und steif sein, bloß – sie wollten keine toten Kerls 'rumliegen haben. Ich und Lew haben den andern die Stufen 'runtergeschleppt bis ans Wasser. Ich kann dir das ruhig erzählen, old Jake kennt das Gesetz – 'ne Frau kann nicht gegen ihren Mann aussagen!« Er grinste boshaft. »Mrs. Jake Bradford! Ja, Kleine, Bradford heiß' ich, und Ehrwürden wird uns gut und richtig verheiraten.« Er schob seinen unförmigen Kopf vor, seine Stimme wurde leiser, bis sie nur noch ein heiseres Flüstern war. »Es gibt Schlimmeres als mich, und vielleicht wirst du nichts mehr gegen mich haben, wenn du mich nicht mehr sehen kannst – bist vielleicht blind wie ich und doof wie Lew.«

Sie wich zurück, sank halb ohnmächtig an die Wand. In plötzlicher Wut brüllte er: »Es gibt nichts, was ich nicht tue, wenn...«

Sie hörte, wie die Tür ging, der Schlüssel herumgedreht, ein Riegel vorgeschoben wurde, und sah auf. Er war gegangen. Sie senkte den Kopf, bis sie allmählich das Blut zurückströmen fühlte. Aber trotz aller Willensanstrengung gelang es ihr nicht, das Zittern der Hände zu bezwingen. Mehr als zehn Minuten lief sie auf und ab, bis sie sich ein wenig beruhigte.

Sie untersuchte die Tür, obschon sie wußte, daß es aussichtslos war. Einen Stuhl hatte sie nicht, um das Fenster zu erreichen. Es gab nichts in dem kahlen Raum, nichts als das elektrische Licht. Larrys Schilderung kam ihr in den Sinn, wie dieser Mensch, mit erhobenen Händen auf ihn zukommend, die Glühbirne zerdrückt hatte. Sie schaute zur Lampe hinauf. Die Beleuchtung hier war unordentlich und nur notdürftig installiert. Ein langer Draht lief, lose an der Decke befestigt, quer durchs Zimmer bis zur Mitte, wo er über einen Haken gezogen herabhing und mit einem einfachen Metallampenschirm über der Glühbirne endete. Sie schwang den Draht mit der Lampe solange hin und her, bis er aus dem Haken an der Decke heraussprang und die ganze Leitung nun frei ins Zimmer hinabhing. Die Lampe in der Hand haltend, ging Diana zum Schalter an der Tür und löschte das Licht. Sie setzte einen Fuß auf die Leitungsschnur dicht beim Lampenschirm und zerrte aus Leibeskräften, bis Schnur und Drähte aus den Ösen der Lampenfassung herausgerissen und befreit waren.

Sie stand im Dunkeln, aber mit geschickten Fingern zupfte sie die Isolation auseinander und kratzte mit den Nägeln die Gummiumhüllung ab, bis sie die vielen haarfeinen Kupferdrähte freigelegt hatte. Bald hielt sie etwas in den Händen, das sich wie ein kleiner, struppiger Pinsel anfühlte. Sie war mit ihrem Werk zufrieden. Jetzt glaubte sie ein Geräusch im Gang zu hören, eilte an die Tür und schaltete den Strom ein. In dem Halbdunkel suchte sie nach ihrer Handtasche, nahm ihre Lederhandschuhe heraus, zog umständlich einen nach dem andern an, ständig darauf achtend, mit dem Leitungsende nicht in Berührung zu kommen. Den Lampenschirm am Boden schob sie mit dem Fuß beiseite. Den Drahtpinsel vor sich hinhaltend, wartete sie ängstlich in der Mitte des Zimmers. Dann ging die Tür auf.

»Da bin ich wieder, Puppe!«

Sie atmete stoßweise vor Gespanntheit. Er wußte nicht, daß das Licht nicht brannte, für ihn war es ja ohnehin dunkel. Eine Zeitlang machte er keinen Versuch, sich ihr zu nähern. Undeutlich zeichneten sich die Umrisse seiner riesigen Gestalt ab.

»Tony hat danebengeschossen«, teilte er mit. »Danebengeschossen!« wiederholte er verächtlich. »Wenn ich sehen könnte, hätte ich den Hund bestimmt erwischt!« Seine Stimme wurde leiser. »Komm her, Puppchen!« Er kicherte und kam langsam mit ausgebreiteten Armen auf sie zu.

Dann sprang er flink wie eine Katze vor und packte sie an der Schulter. Sie warf sich zurück. Seine andere Hand griff nach ihr und berührte die ausgefransten Drahtenden. Mit einem Schrei, halb Kreischen, halb Gebrüll, sprang er zurück.

»Was tust du?« schrie er wild. »Verfluchte Hexe, was hast du getan? Willst mich wohl stechen wie das Schwein neulich?«

Er befühlte sich selbst, um nach einer Verletzung zu suchen, und dann sprang er von neuem auf sie los. Jetzt trafen die Polenden sein Gesicht. Wie ein Holzklotz stürzte er zu Boden.

Sie hörte, wie er sich bewegte.

»Was ist denn das? Was ist das bloß?« flüsterte er. »'nen blinden Mann so zu behandeln! Du verfluchte . . .«

Seine Hand packte sie am Fußgelenk und riß sie zu Boden. Aber wieder berührten die elektrischen Drähte sein Gesicht. Er kreischte wie ein wildes Tier und wälzte sich auf dem Boden. Er war jetzt wahnsinnig vor Wut und Angst – ein wimmernder Verrückter. Immer wieder fiel er sie an, immer wieder kamen seine Hand, sein Gesicht, sein Hals mit dem Strom in Berührung. Dann brach er zusammen, blieb regungslos liegen.

Mit zitternden Fingern durchsuchte sie seine Taschen. Sie fand den Schlüssel und einen Revolver. Sie tastete nach dem Schlüsselloch, die Tür ging auf, sie befand sich in einem Gang, der nach rechts und in ein helleres Zimmer mit zwei Fenstern führte. Immer noch war sie in Todesangst – jetzt hatte sie ihr bestes Verteidigungsmittel verloren.

Der Durchgang in der Wand war leicht zu finden. Wie geschickt die Geheimtür von der Schlafsaalseite aus auch getarnt war – hier jedenfalls lag sie sichtbar vor Augen. Diana zog an einem Handgriff, das eingefaßte, schwere Steinstück ließ sich zurückziehen und wie ein Türflügel ausschwingen. Sie schlüpfte durch die Öffnung. Der Detektiv, der in der Mitte des Schlafsaals stand, fuhr herum, den Revolver in der Hand, als sie aus dem Wandschrank trat.

»Mein Gott! Miss Ward!« rief er. »Wo kommen Sie her?«

24

Die wenigen Worte, die Diana Ward hervorstieß, brachten ein halbes Dutzend Detektive auf die Beine. Sie stürzten in den Schlafsaal, verschwanden im Wandschrank und kletterten durch die steinerne Geheimtür, die noch halb offenstand.

Larry übergab das Mädchen Harveys Obhut und eilte hinterher. Das Zimmer, das Diana beschrieben hatte, war leer. Larry hielt sich nur einen Augenblick darin auf, schaltete den Strom aus und folgte den anderen. Es bestand kein Zweifel, daß dieser ganze Gebäudeteil, der einen so unbewohnten Eindruck machte, regelmäßig benutzt wurde. Sie fanden hier Zimmer, die durch dünne Wände in fensterlose Räume abgeteilt worden waren, in denen man sich nachts bei Licht aufhalten konnte, ohne daß der geringste Lichtschein nach außen drang.

Der blinde Jake hatte die reine Wahrheit gesagt, als er die vielen Ausgänge des Hauses erwähnte. Einen fanden sie im Keller, der in einen alten Abzugskanal für Regenwasser mündete Ein zweiter führte direkt in den Hof, wo Larry die Garage gefunden hatte, und ein dritter endete in der Küche von Todds Heim.

Larry mußte sich klarmachen, daß das Wild entwischt war, und begab sich in den Trakt des Blindenheims zurück, um Diana zu suchen. Er fand sie im Büro des Vorstehers neben Harvey, der mit einer Handfessel ihr Handgelenk an das seine geschlossen hatte – er wollte kein neues Risiko mehr eingehen. Lachend hob sie die gefesselte Hand hoch.

»Außerordentlich vernünftig«, meinte Larry und schloß die Handschelle auf. »Und jetzt, Mr. Dearborn, möchte ich von Ihnen einige Erklärungen über die merkwürdigen Vorkommnisse in Ihrem Hause haben.«

»Ich kann nicht finden, daß sich in diesem Hause etwas Merkwürdiges ereignet hat«, entgegnete Mr. Dearborn. »Sie können mich doch nicht für Dinge verantwortlich machen, die sich im Nebenhaus ereignen. Man hat mir soeben erzählt, daß Verbindungstüren zwischen den beiden Gebäuden bestehen, aber davon hatte ich nicht die geringste Ahnung. Wenn wirklich jemand im Nebenhaus gewohnt . . .«

»Sechs Menschen hausten nebenan«, unterbrach ihn Larry. »Wir haben ihre Betten und einige Kleidungsstücke gefunden. Und die Tatsache, daß wir auch Bücher fanden, beweist, daß die Bewohner nicht blind waren.«

Mr. Dearborn zuckte die Schultern.

»Was kann ich da machen? In unserem Zustand sind wir ganz von der Zuverlässigkeit unserer Umwelt abhängig. Auch wenn wir im allgemeinen die Anwesenheit eines Fremden am ungewohnten Schritt, an der Stimme oder einem Husten erkennen können, ist es natürlich nicht ausgeschlossen, daß man sich dieses Hauses bedient hat, um verbrecherische Pläne auszuführen, ohne daß wir das geringste bemerkten.«

Das klang logisch, und Larry mochte dem auch nicht widersprechen.

»Ich will diese Möglichkeit nicht ausschließen«, räumte er ein. »Es ist natürlich sehr bedauerlich für Sie – und auch für uns. Die Sache hätte noch viel fataler ausgehen können.«

Er fühlte sich maßlos erleichtert und war versöhnlich gestimmt. Diana war überhaupt nichts anzumerken, mit jedem Augenblick wurde sie ruhiger. Sie zog ihren Regenmantel an.

An der Ecke Edgware Road hielten sie an, weil sich Diana eine neue Bluse kaufen wollte. Sie bestand darauf, gleich nach dem Präsidium zu fahren, um dort ihre Aussagen zu Protokoll zu geben.

»Was halten Sie von John Dearborn?« fragte Larry.

Sie sah ihn an und fragte ihrerseits:

»Haben Sie bemerkt, wie er meine Hand ergriffen und sie geschüttelt hat?«

»Da ist doch nichts dabei.« Er lehnte sich im Taxi zurück, immer noch benommen und glücklich über den guten Ausgang dieser schrecklichen und aufregenden Geschichte. »Ja, was ich vergessen habe, Sie zu fragen – wo haben Sie eigentlich die mörderische Waffe aufgetrieben, die Sie in der Hand hielten, als Sie die Treppe herabkamen?«

»In der Tasche des blinden Jake! Es war fürchterlich . . .«

Im Yard zog sie sich zuerst einmal zurück, um ihre zerrissene Bluse mit der neuen zu vertauschen. Als sie das Büro 47 betrat, lief Larry angeregt im Zimmer auf und ab.

»Wir wissen jetzt wenigstens, daß der blinde Jake und der Mann namens Lew . . .«

»Haben Sie ihn im Heim gelassen?« unterbrach Diana rasch.

»Ich habe in dieser ganzen Sache schon so viele Fehler begangen, daß ich mir diesen nicht auch noch leisten konnte. Nein, ich habe ihn in ein anderes Heim bringen lassen, wo er gepflegt wird. Lew und Jake hatten mit Stuart zu tun, vielleicht schon vor seiner Ermordung, ganz sicher aber nachher. Warum Lew das braune Papier mit der Brailleschrift in die Tasche des Opfers gesteckt hat, wissen wir noch nicht. Vielleicht wollte er einfach loskommen, sich seiner Auftraggeber entledigen.«

»Aber die wichtigste unserer Entdeckungen haben Sie noch mit keinem Wort erwähnt«, wandte Diana ein.

»Und die wäre?«

»Ich meine die Frau ›oben‹.«

»Was für eine Frau ›oben‹?« fragte er verständnislos.

»Erinnern Sie sich nicht? Ich erzählte Ihnen doch, daß Jake mit dem Daumen nach der Zimmerdecke zeigte und sagte, auch wenn ich ein Gesicht hätte wie die da oben . . .« Sie schwieg verlegen.

»Entschuldigen Sie«, erwiderte er sanft, »ich bin ein gedankenloser Idiot. Es hat sich so viel ereignet heute, und der Fall Stuart war weiß Gott nicht mehr das wichtigste . . . Ja, und das erinnert mich daran, daß ich telefonieren muß!«

Er ließ sich mit dem Trafalgar Hospital verbinden.

»Bitte, das Büro der Oberschwester – danke . . . Ja? Schwester Oberin? – Hier Inspektor Holt. Wie geht es Ihnen? – Sagen Sie, haben Ihre Außenschwestern viel zu tun? – Ich meine, sind nicht alle besetzt? – Das trifft sich ja ausgezeichnet. Ich möchte Sie bitten, mir eine nette, mütterliche Schwester in meine Wohnung nach Regent's Gate Gardens zu schicken. – Ob ich krank bin? Nein, ganz und gar nicht, aber es wohnt jemand bei mir, der nicht ganz – jawohl, eine Dame. – Besten Dank, Schwester . . .«

Larry sah den erstaunten Blick Dianas.

»Haben Sie eine Dame bei sich wohnen?« fragte sie verblüfft.

»Nein, noch nicht, aber sehr bald. – Sie gehen jetzt nur noch in Ihre Wohnung in der Charing Cross Road, um sich alle Sachen zusammenzusuchen, die Sie brauchen. Und dann kommen Sie in meine Wohnung, wo Sie bis auf weiteres unter der Obhut einer netten Schwester bleiben werden.«

»Aber das kann ich nicht, das ist ganz ausgeschlossen«, protestierte sie mit feuerrotem Gesicht.

»Doch, Sie können sehr gut, und Sie werden es jetzt genauso machen, wie ich es Ihnen sage.«

Endlich stimmte sie zu. Sie gingen zusammen essen, und nachher führte er sie ins Macready-Theater, wo sie sich das Stück Dearborns ansahen. Nach dem zweiten Akt verließen sie völlig enerviert das Theater.

»Wie ist es möglich, daß jemand einen so schrecklichen Unsinn auf die Bühne bringen kann?« fragte Diana auf dem Heimweg.

»Es ist unbegreiflich.« Larry lachte auf einmal vor sich hin.

»Sie scheinen heute zum Lachen aufgelegt zu sein?«

»Ich bin nur froh und erleichtert. Und gerade mußte ich daran denken, was Sunny wohl zur Schwester sagte, als sie ankam.«

»Was, glauben Sie, hat er ihr gesagt?«

»Ja, das ist nicht so einfach. Wenn die Schwester darauf besteht, daß eine kranke Dame in der Wohnung ist, wird er ›Jawohl, Schwester!‹ sagen und sich die größte Mühe geben, eine aufzutreiben!«

Es war schon nach elf, als sie seine Wohnung erreichten. Die Fahrstühle waren nur bis halb elf in Betrieb, und so mußten sie die Treppen hinaufsteigen.

»Achten Sie auf die Stufen, die Treppenbeleuchtung ist miserabel.« Larry ging voraus. Im zweiten Stock blieb er stehen. »Allmächtiger! Wer kann das sein?«

Zusammengebrochen und reglos lag ein Mann vor seiner Wohnungstür. Larry beugte sich über ihn hinweg und klingelte. Gleich darauf öffnete Sunny die Tür. Im Lichtschein, der von der Diele herausfiel, erkannte Larry den Mann. Sein Atem ging schwer und röchelnd, Gesicht und Kopf waren blutverklebt.

»Sunny, ist die Krankenschwester gekommen?«

»Jawohl, Sir.« Er blickte auf den Verwundeten.

»Dann wird sie uns sehr nützlich sein.«

»Wer ist es?« fragte Diana.

»Flimmer-Fred«, antwortete Larry leise.

25

Sie trugen den Verwundeten ins Wohnzimmer und legten ihn auf den Diwan. Eine Etage höher wohnte ein Arzt, der glücklicherweise noch nicht zu Bett gegangen war.

»Sehr schwer verwundet«, stellte er fest. »Zwei tiefe Messerstiche, und die Kopfwunde sieht nach Schädelbruch aus.«

»Er muß vor meiner Wohnungstür angegriffen worden sein, oder glauben Sie, daß er in diesem Zustand noch hierherkommen konnte?«